魔法公主 夏薇薇 ①

银色沙漏之约

顶猫的小姐/文　蜜桃老师/图

化学工业出版社
北京

图书在版编目（CIP）数据

魔法公主夏薇薇：银色沙漏之约 / 顶猫的小姐文；

蜜桃老师图 . —北京：化学工业出版社，2019.8（2025.6重印）

ISBN 978-7-122-34361-1

Ⅰ.①魔…　Ⅱ.①顶…　②蜜…　Ⅲ.①儿童小说-长篇

小说-中国-当代　Ⅳ.①I287.45

中国版本图书馆CIP数据核字（2019）第078356号

MOFA GONGZHU XIAWEIWEI: YIN SE SHALOU ZHI YUE

魔法公主夏薇薇：银色沙漏之约

责任编辑：隋权玲　　　　　　　　　　　　美术编辑：尹琳琳

责任校对：杜杏然

出版发行：化学工业出版社（北京市东城区青年湖南街13号　邮政编码100011）

印　　装：涿州市般润文化传播有限公司

710mm×1000mm　1/16　印张11¼　2025年6月北京第1版第2次印刷

购书咨询：010-64518888　　　售后服务：010-64518899

网　　址：http://www.cip.com.cn

定　　价：28.00元

这就是夏薇薇。

是那个小公主,还是小胖妞?

你猜！如果是你，你会选择公主的身份还是真实的灵魂？

两个我都想要！

我们还是看看夏薇薇的选择吧！

目录

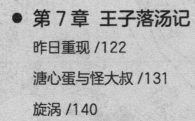

如果

如果一个人的愿望足够强烈，
就可以改变风的方向、
物体的大小，
甚至天空的颜色。
不相信的人之所以永远无法改变，
是因为他们的愿望不够强烈。

——嘟嘟她爸

如果有一天，你消失了。

没有人记得你，连你自己都不记得自己姓什么。

可是，有一个人，他能够看见你。

他是这个世界上唯一能够看到真实的你的人。

那么，你会不会把他当成一根救命的稻草？

溺死在陌生的世界之前，

你会不会紧紧抓住这根救命的稻草，

哪怕，他是你最最讨厌的人？

——嘟嘟

第 1 章
悲惨的一天

 春町上空的尖叫

黑猫、女巫和少年魔术师

【出场人物】

蓝嫂，蓝嘟嘟，房东太太，黑猫，
从天而降的少年魔术师，女巫

【特别道具】

入学请柬

春町上空的尖叫

　　海滨小镇春町上空几朵棉花似的白云，被一阵声嘶力竭的尖叫声扯成了烂棉絮的模样。

　　发出尖叫声的是一位大婶。她穿着热带小镇常见的色彩鲜艳的布裙，腰间鼓起的一圈肥肉把裙子撑得圆圆滚滚的，看上去好似一个会走路的香瓜。

　　大婶吃力地抱着一块匾……呃，对不起，作者有点近视，再走近一点……啊，看到了！大婶抱着一块七孔砖似的东西，上面刻着四个字：入学请柬。

　　还以为发生了什么惨绝人寰的事呢，入学通知书而已嘛！

　　为什么在阳光明媚的八月，在烈日炎炎的正午，这位大婶会在自家门前发出那么凄厉的尖叫声？

　　周围的人好像都见怪不怪的样子，纷纷抬头望了望那被尖叫声扯破的云朵，又低下头匆匆赶路，丝毫不觉得发生了一件很夸张的事。

这就是春町，可爱、乡土又什么都可能发生的春町。

当然，刚往烤鱼店送完一筐臭臭的活鱼、走在回家路上的蓝嘟嘟并不知道，一系列更加不可思议的事情即将发生……它们像关东煮竹签上的肉丸，挤挤挨挨地排成一串儿，等待着蓝嘟嘟张开嘴，把它们一口一口吃掉……

"蓝嫂啊，什么事情这么紧张？你把我家的猫都吓跑啦！"一个面部五官平平的大叔从街对面走过来，关心地问。

"我……我们家嘟嘟……被……被……被录取了……"说完，大婶号啕大哭起来。

"哎哟哟！"大叔立刻双手护胸，倒吸了一口凉气。

瞬间又围过来好几个街坊邻居。

"这可是我们春町有史以来第一个被……被那所学校……录取的高中生哟！"邻居们嘴上这样说，脸上却是一副看恐怖片的表情。

终于，其中一个表情最端庄的邻居站出来说："蓝嫂啊，听说那个学校的学生，开兰博基尼上学都会被嘲笑……难道让我们嘟嘟骑着她送海鱼的自行车去？"

"我对不起女儿哟……哟……哟！"大婶的哭声越来越大，"她那么努力，那么要强，好不容易考上了最好的高中，我却没钱替她交学费……"

周围的邻居立刻很配合地用一种仗义的口气讨论起了蓝嫂家的私事。从蓝嘟嘟出生的时候被医院评为"本月巨婴"，到爸爸因为她吃得太多无力养育，在她八岁那年离家出走……

邻居们最后一致认为，蓝嫂命太苦了！做孕妇的时候就是最苦的孕妇，肚子大得好似怀了三胞胎；生完女儿就得去镇上的奶牛场认养一头奶牛，因为女儿的食量大得惊人；嘟嘟八岁那年，已经是一个很结实的小胖墩了，和初中生摔跤都不会输……就是因为这样，嘟嘟爸爸不堪重负，终于在一个风雨交加的夜晚离家出走了。从此，蓝嫂就和这个胖丫头相依为命。好在嘟嘟很懂事，拼命念书，功课不错。课余时间，她还到镇上三叔的烤鱼店送活鱼赚钱补贴家用。

但是，没想到这丫头竟然真的考上了那所……那所……那所离春町这样的乡土小镇十分"遥远"的高中。

虽然那所高中就在春町镇南边 3.17 海里的一座岛上——但是，从古至今，从来没有一个春町人去过。春町人对那所高中的全部认知，都来源于报纸和电视。

爬上春町镇南街口的灰色灯塔，就能看到那个碧玉一样的岛屿。岛屿的边际被人工切割成了一缕一缕的狭长形状，从空中俯视，整座岛就好像一根鸟羽。

鸟羽之上托举着的就是著名的贵族高中：凤皇学院。语文部、外语部、数理部、音乐部、艺术部等不同的分部，依次排列在主干道两侧的狭长半岛上。造型各异的教学楼在热带的阳光下反射出耀眼的光芒。海风穿行其间，蓝天白云，碧波荡漾，俊男美女熙来攘往……

呃，咳咳！不能再说了，因为春町人在灯塔上是偷窥不到这么全面细致的！爬上灯塔的春町人，顶多能看到一片绿色的羽毛漂浮在湛蓝的大海之上。因为据说当初人工造岛的时候，就是要将岛打造成凤凰翎毛的样子。加上这所学校在建设之初也仅供皇族子弟闭关学习，因此它有了这个很容易被写错的名字：凤皇学院。

现在，凤皇学院由植、林、桃三大家族入股掌控，面向全国招生，平民终于也有机会进入。但是考上凤皇学院之后，更大的问题在于高昂的贵族学校开销……不用脑袋想也清楚啦，平民家庭是难以承受的。

当然，一旦进入凤皇学院念书，就相当于半只脚踏进了上流社会。这里的学生都是各学科的天才少年和显耀财团的继承人。他们不仅成绩优异，而且身为上流人家的小孩，天生就带有高贵气质。草根子弟和他们同学三年，乌鸦也能变凤凰了。

凤皇学院有一个非常神秘的校长。她几乎从不干涉董事会对学校的管理，因此像个隐形人一样存在于幕后。但是，对于一件事她却特立独行，非常坚持。

这位神秘的校长会在每年考入凤凰学院的新生中挑选出一个平民新生，免除这个幸运儿所有的费用，并且倒给一笔不菲的奖学金。

据说，校长不顾董事们的反对，非要坚持这么做，一定要保证每一年的新生中至少有一名草根学生。

董事们最后只得自圆其说，就当设立一个幸运大奖，类似于超市喜欢在整点买单的顾客中抽出全额免单的幸运者。就这样，因为校长这个友善决定的鼓励，每年都有很多勤奋的平民子弟报考凤凰学院，期待着幸运女神的垂青。

可是，必须自己买单的仍然是大多数。幸运女神，从来都和大部分普通人擦肩而过。

黑猫、女巫和少年魔术师

人倒霉的时候，喝凉水都塞牙。

不知道是蓝嘟嘟招来了这能砸死人的"入学请柬"，还是凤凰学院的录取通知书引发了蓝嘟嘟史无前例的霉运大爆发！总而言之，那些好似关东煮竹签上的肉丸的事件，果然排成一串儿依次出现了。不过，不等蓝嘟嘟张开嘴，它们已经准备好反过来一口一口吃掉她了。

当蓝嘟嘟满身是汗地停好自行车，拉开门，进到家里……她马上发现有什么不对劲。

家里冷冷清清的，老妈不在家，老妈那些喜欢来串门的大婶朋友们也不在。

第一个"肉丸"出现了——

因为一看就知道它不属于这间屋子。它躺在玄关的地板上，金黄色的表面显得那么珠光宝气，与逼仄的房间很不相称。黑曜石镶嵌而成的文字，工工整整地写着——

兹邀请：

蓝嘟嘟小姐

入读私立凤皇学院

嘟嘟一把抓起这块重得像砖头的请柬，放在嘴里咬了一口。然后她兴奋得跳了起来："妈！妈！这个录取通知书是纯金的！"

可是叫了半天，无人回应。嘟嘟愣了愣，开始意识到果真有些不对劲。

她在屋里来回踱了几圈，打算出门去找老妈。这个时候，第二个"肉丸"骨碌碌地出现了——

它是躺在榻榻米上的一张纸。纸上记着老妈昨天花掉的菜钱。嘟嘟把它拿起来，因为纸被油浸透了，所以能看到背面的字迹。她翻过纸，看到了最不想看到的几行字：

女儿：

　　听隔闭（壁）刘婶说北边的中（钟）点工的工资更高

　　老妈证（挣）到钱就回来给你教（交）学费

　　自已（己）照顾好自已（己）哟！

　　老妈不素（是）泡（抛）弃你，老妈素（是）爱你的！

老妈字

嘟嘟吓得浑身发抖。

她记忆里最恐怖的事情，就是八岁那年老爸留下一张写满错别字的便条，离家出走了。

现在，那恐怖的一幕仿佛又出现在了眼前！

老妈……老妈竟然也抛下嘟嘟，绝尘而去！

这时，手机响了。嘟嘟接起电话，从那嘈杂的背景音中，她一下子就分辨出了老妈的声音。

"老妈！"

"嘟嘟，妈妈刚下长途汽车。那个录取通知书是纯金的，你知道了吧？卖了还能换点钱……"

"老妈！你快回来！那个学校我可以不去上啊！"

嘟——嘟——

嘟嘟的声音被硬生生挂掉的电话阻隔在了狭小的房间中。

嘟——嘟——

就好像有谁在固执地一遍又一遍叫她。

老妈有没有听到她的话，嘟嘟不知道。她只知道这一次，幸运女神又抛弃了她。印象中，爸爸明明瘦得像豆芽菜，一阵海风就可以吹倒他，妈妈也不是特别胖的女人，自己却从小就是肥妹，喝口风都能长肉。八岁就开始过上单亲家庭的生活，还要忍受同学们对自己身材的嘲笑。十三岁开始给烤鱼店送活鱼，从此浑身就充满了海鱼臭臭的味道。十六岁好不容易考上了贵族高中，但是凤凰学院一年一个的免费生名额并没有落在自己头上。

"草根衰女。"嘟嘟心里突然冒出这个词。万念俱灰！好纠结呀！

不过很快，嘟嘟又开始安慰自己。她的意志力就好像她的肉肉一样，是永远也不会削减的！——嘟嘟想：拿不到凤凰学院免费生名额，大不了不去那个贵死人的学校，就念春町高中也蛮不错啊！

可是老妈竟然坐长途汽车不知道跑到哪里去了。

嘟嘟叹了口气，望着空荡荡的房间出神。

呆了半天，嘟嘟突然对着墙壁举起胖胖的双手大喊了一声："蓝嘟嘟！振作！加油！"然后，抱着被子在榻榻米上滚来滚去……最后竟然昏睡了过去。

即使在梦里，嘟嘟也无法逃离现实。

老爸老妈都不在身边，初中已经毕业了。嘟嘟在梦里盘算着，先解决好自己的生计。三叔的烤鱼店当然可以继续让自己送鱼；约上中考落榜的同学一起去西街口的夜市上卖海蛎煎也很不错啊。靠海吃海的春町人，从来都不愁生计啦。

可是，自己真的很向往上流人的生活。

因为成长在单亲家庭，本身又不是天才少女，加上16岁就已经快200斤的体重……嘟嘟除了努力念书，努力蹬着自行车送鱼之外，就没有别的乐趣了。好像之前支撑着自己活下来的，竟然是今年夏天的中考。

因为，如果能够考上凤皇学院，如果能够被神秘校长选为免费生……那自己的生活就将发生天翻地覆的变化！

嘟嘟万万没有想到的是，这张入学通知书却给自己带来了一连串的厄运。

接下来的厄运，发生在她醒来之后。

她醒来时天已经黑了。满天星斗俯瞰着宁静的春町。夏日的气息从潮湿的海风中滴落。嘟嘟突然觉得肚子饿了。

可是，第三个"肉丸"已经站在了她的门前。

叮咚——叮咚——叮咚——

打开门，房东太太的脸一下子塞满了整个玄关。

"哎呀呀，蓝嫂家的女儿在呀！"

"呃，那个，您好！"

"你们家已经欠了两个月的房租，到底打算拖到什么时候呀？这个月的房租也该交了哟！"

"……"

"这是什么？晃得人眼睛都睁不开……啧啧！难道是块金砖？"房东太太的眼睛笑得弯成了一条线，好像一只胖狐狸。她快速捡起地上的入学请柬，放在嘴里咬了一口，然后再次满意地笑起来，顺势把入学请柬放到了胳肢窝下："好了，小妹妹，真不错呀！等你妈妈回来就告诉她我把房租都收走了。你们可以在这里住到明年哟！小妹妹再见哟！以后常来我家玩哟！"

房东太太一溜烟地跑远了。

嘟嘟一个人孤单单地站在院子中，欲哭无泪地看着房东太太的背影，看着自己这辈子唯一的希望伴随着清脆的木拖鞋声消失在夏夜的街巷里。

是……是什么味道？

嘟嘟扬起鼻子，空气中，有一股炸面鱼的味道。

好香啊！

肚子又不争气地咕咕叫起来了。

嘟嘟踮起脚尖，跟着这股味道，走到了另一条巷子里。

喷水池边，有谁家扔掉的一包炸面鱼。可能是嫌面鱼炸得太老了，就丢在这里了。

"太好了！"嘟嘟咽了一口口水，朝着那包被扔掉的炸面鱼走去。

因为两只眼睛里只装得下那包炸面鱼，她当然看不见漆黑的街巷深处，喷水池的暗影中，有什么东西也在步步逼近……

就在嘟嘟胖胖的手指伸向那包炸面鱼的时候，一个黑影蹿了出来。

这就是第四个"肉丸"！

银色的月光下，嘟嘟看清那是一只黑猫。黑猫油亮的毛皮泛着诡异的光泽，金色的瞳仁魅惑地瞪了一眼嘟嘟。它快速叼起那包炸面鱼，蹿上了喷泉中的女神雕塑。

嘟嘟的手抓了个空。她仰起头看着黑猫。

"喵——"黑猫也低头看着她。

怎么会这么倒霉，连垃圾都有野猫来和自己抢！

嘟嘟绝望地想着，肚子又咕咕咕咕叫个不停。

这时，她发现喷泉旁有一根废旧的鱼竿。哈哈！有了鱼竿，不就能把黑猫赶走，拿回那袋炸面鱼了！

嘟嘟拾起鱼竿，准备给黑猫来次猝不及防的袭击，却看到黑猫正在认真地剔着鱼的细刺，一副很陶醉的样子。

嘟嘟举在空中的手又放了下来。

"算了，你赢了，慢慢吃吧！"她看了一眼黑猫，真的不忍心打扰黑猫进餐。

唉，可是，咕咕咕咕，嘟嘟摸摸肚子——好饿啊。

突然，她眼前一黑……

按常理来说，体格像嘟嘟这么健壮的孩子，是不会一顿没吃就晕倒的。但是现在，嘟嘟的确倒在地上，什么也看不见了！

因为在这无比悲惨的一天的午夜时分，布满荆棘的道路上的最后一个重量级"肉丸"从天而降了！

不偏不倚，正好砸在嘟嘟身上！

她拼命地用拳头打着压在自己身上的黑色……呃，暂时叫黑色沙包吧……一边踢一边大叫着："滚开！滚开！"

在又踢又抓的同时，嘟嘟发现"黑色沙包"原来是件巨大的呢子风衣，那竖起的领口遮住了一张脸。

"喂！醒醒啦！喂！"嘟嘟对着倒在地上的那人大叫。

她抬头看看天上，明净的夜空中连只蚊子也没有，难道这个人是来和嘟嘟比倒霉的？他到底是怎么摔到喷水池旁边来的？这么晚了，他不回家陪家人，跑到这里来干吗？

这些问题，那个"黑色沙包"当然是没法回答啦。因为他已经完全昏迷了。

要不是有嘟嘟这200斤人肉充气床垫底，那人不知道会不会摔得五脏六腑都吐出来！

嘟嘟揉了揉腰，好痛！她弯下腰，歪着头，仔细看着地上的人。

天啊！这……这还是人吗？人怎么可能长这么帅！天哪！虽然只能看到半张脸，但是嘟嘟已经快要昏过去了……大理石般温润的额头，高贵笔挺的鼻梁，安静闭着的双眼，睫毛又黑又密，简直是个王子！

嘟嘟搓着手，靠得更近一点，语气变得很温柔："醒一醒啦……"

昏迷中的那家伙只露出了上半张脸。凌乱的外套遮住了他的嘴唇和下巴。即使这样，他已经足以迷死一大群女生了。

五分钟后，他终于睁开了双眼。

哇！那么深邃的黑色瞳仁，里面好像有千万颗星星在闪烁，好像春町的夜空都坠落到他眼睛里去了。

"你好，我是一个魔术师。不过今天比较倒霉，在赶去表演的途中从天上掉下来了……"

微醺的风中，蓝嘟嘟的脸和魔术师的脸贴得那么近。她都能闻到魔术师身上散发出来的那种神秘的、淡淡的香味。

"你是谁？"魔术师问。

"我……我是你的救命恩人。"嘟嘟说。

"漂亮的小姐，刚才的那一幕的确很糗，希望今晚一过你就可以忘记我。对了，接下来的一个星期请不要看电视，里面会有我把埃菲尔铁塔变消失的报道。一想到居然在漂亮的小姐面前出糗……"

"漂亮的小姐？哎呀……人家……"

"我还要赶时间，再会！"说完，魔术师站了起来。

流泻的星光照着他的身影。嘟嘟再次发誓：他不是人，人怎么可能长这么好看！这么完美！即使是月光下的一个黑色剪影，已经比布拉德·皮特还要性感，比怪盗基德还要清俊了。

嘟嘟这才发现，魔术师说话的时候，眼睛却一直都是看着那只黑猫的。

难道他以为猫小姐会说话吗？他以为猫小姐那瘦瘦的身材，可以当他软着陆时候的气垫？

嘟嘟腾地站了起来，挡在魔术师和黑猫之间。她没有注意到自己身后的那只黑猫正在跳来跳去，一副被人叫错名字很不高兴的样子。

魔术师的目光终于落到了她身上。

"这个鱼腥味的抱枕是怎么回事？"

"什么？抱枕？那是我的脸啦！呜呜！你这个讨厌的大魔王！呜呜呜呜！大魔王！讨厌！"

"当——当——"午夜十二点的钟声敲响了。悲惨的一天到此结束。

南街口的灰色灯塔骤然放射出七束宝蓝色的光芒。

春町镇的街巷里，汹涌起一股旁人无法察觉的暗潮。萤火虫一样隐约闪烁的蓝色光点，联结成了一张缥缈的光之网。在快速蔓延的蓝色光网中，黑猫消失了，从天而降的神秘大帅哥消失了。一个穿着黑色披风的女人出现在巷子的尽头。

而此时的嘟嘟已经躺在喷水池边睡着了。

月光照着她那张黄澄澄、胖乎乎的脸。穿着黑色披风的女人俯下身，静静地端详了一会儿这张完全称不上好看的脸，低声说："计划差一点就被那个魔术师破坏了……不过还好，一切都还在我的掌控之中。"

她变戏法似的从披风的大帽兜里掏出了一只银色的沙漏。女人对着沙漏低沉地念了一段咒语。下一秒钟，灰色灯塔绽放出的所有光芒，以及笼罩在春町镇上的那张蓝色光网，都被收进了这个沙漏，宝蓝色的星星沙开始徐徐地落下。

女人满意地看着这一切。她伸出苍白而修长的手指，在嘟嘟的额头上画了一个五芒星的形状，然后头也不回地走进了漆黑的巷子深处。

第2章
华丽镜子里的蔷薇少女

会魔法的女巫住在彩虹彼端

银色沙漏开始逆流：邂逅 I

倒霉蛋大变身

【出场人物】

蓝嘟嘟，女巫，郁金香岛上的白衣少年，
桃芳琪，福特管家，何雅斯

【特别道具】

银色沙漏

会魔法的女巫住在彩虹彼端

南面吹来的海风，带着潮湿的热带气息，穿梭在春町镇的街道上。

清冽的月光给喷水池里的女神涂上了一层糖霜一样细腻的白色。喷水池边原本睡着一个胖女孩的地方，已经空无一人。

要不是留在原地的那只银色沙漏，之前的一切都找不到曾经发生过的痕迹。

沙漏中，蓝色的星星沙正在流动。而只要你观察得稍微仔细一点，就会发现——它们是在逆流。从大地流往天空的方向，一点，一点，一点……

"好真实的感觉，这是一个梦吗？在梦里，我变成了一个骄傲的女孩，一个人人喜爱的完美公主！只是这个梦好长，在梦里我还会感觉到睡意来袭吗？真奇妙。我躺在圆顶的梦幻公主床上，软绵绵的，好强烈的睡意，我的眼皮再也支撑不住了。"嘟嘟一边自言自语一边进入了梦乡。

当她醒来的时候，嘟嘟好奇极了。这是哪里？街道，树木，建筑……都是糖果色的！邮筒是小黄瓜的青葱翠绿，电线杆是番石榴的鲜红欲滴。有着洋葱尖顶的房屋像彩色棉花糖一样鳞次栉比，就连路边的便利店也黄黄绿绿，可爱得让人好想扑上去咬一口！

可是，为什么这里一个人都没有？

丁零——丁零——

嘟嘟循声望去，看到一间咖啡小店。水蓝色的木门吱呀作响，好像刚刚有人走了进去。门口的风铃拍打着木门框，发出清脆的响声。

嘟嘟追了过去，站在门口。

她越发感觉到刚才的确有人走进去了。不知道为什么，她甚至能够感觉到刚刚走进这扇门的人正在门后注视着她。嘟嘟鼓起勇气，推开了门。

"有人吗？"

昏暗的店里，隐约可以看到一张大沙发。

这张沙发大得不可思议，以至于店里除了这张沙发，什么也放不下了。

一个人陷在沙发里，嘟嘟看不清他的样子。

"你好。"嘟嘟说。

那人缓缓抬起一只手，指了指自己身前的地板。

嘟嘟走过去，席地坐下。现在，她差不多能看清沙发上坐着的人了。原来是一个女人。女人裹着一件黑色的披风。她慵懒地陷在沙发里，用食指和中指夹着一根雪茄一样的东西。一切都逃不过嘟嘟灵敏的鼻子，她马上就知道那是一根草莓味的巧克力卷。

女人把巧克力卷放进嘴里，咔嚓一声咬下一截。

她的脸隐藏在大大的黑色帽兜里，从嘟嘟的角度看去，只能看到一张薄而红的嘴。

"那不是梦。"她没头没脑地开口说。

"什么？"嘟嘟擦了擦快要流出来的口水，很不配合地瞪着眼问道。

"你之前的感觉，骄傲的女孩，人人喜爱的完美公主，我可以让这一切成真。你可以在现实世界里变成一个高贵的小姐。"

"可是……这是哪里？你又是谁？"嘟嘟问。

"我是这里的女巫。这是一个女巫与魔法共存的国度。现在，就让我们开始谈谈你那可笑的梦想吧。"

"可笑的梦想？我没有什么可笑的梦想啦，大婶！"

"你！……"女巫把剩下的半根巧克力卷全部塞进了嘴里，咬得嚓嚓作响，"坦白讲，每个女孩子都在渴望一些东西：高贵的出身，可爱的脸蛋，完美的身材……别告诉我你从来没有渴望过这些。"

嘟嘟下意识地点点头。

女巫笑了起来，笑声好像用金属钥匙划过玻璃那么刺耳："哈哈哈哈！这难道不是一个生在乡下、脑子不太好使、体重又很可观的女孩子所能拥有的最可笑的梦想吗？况且这个女孩子对帅哥和美食一点抵抗力都没有，总是口水滴答的，一副癞蛤蟆相。"

"坐在这里嘲笑别人的梦想，却又想让别人相信这个可笑的梦想能够成真的人，不是更可笑吗？"

"你！……我收回刚才的话。你出生在一个土得掉渣的地方，体重也让人吃不消……可是，你脑子倒还算好使。不懂礼貌的丫头，你很自负呀！如果你能猜出这个国度的名字，我们就继续谈论怎么样实现你那些可笑的梦想。"

"啊？难道我已经出国了？"

"果然是乡下来的土包子。"

"不会吧，大婶？长辈怎么可以这样欺负人！"

"少啰唆，死丫头，快猜吧。"

"有没有提示啊，美女姐姐？"

"无可奉告。"

"讲啦！"

"你很啰唆耶！"

"不要逼我用绝招。不给提示你会后悔的！"

嘟嘟深深地吸了一口气，目不转睛地看着面前的女巫。好吧……是你逼我的……

她的手慢慢移动到裤兜，探进去，触到了一块硬硬的、冰冷的金属。

嘟嘟把这块方形的金属掏出来，推开滑盖，满脸凝重地按下了上面的一串小圆钮："万能的 GPS 之神啊，请你告诉我，这到底是哪里？"

扑通——

女巫从沙发上栽倒在了地板上。

嘟嘟关上手机，噘了噘嘴："好啦，大婶。这里没有信号啦。我刚才开玩笑的。你快告诉我，这到底是什么地方？"

"我……我死也不会告诉你的。"

其实，嘟嘟心里已经猜到了一点点。只是她不敢相信，这里竟然会是……

她扭头看向窗外，水蓝、葱绿、橙黄……世界上只有一个地方，才会是这样纯净的糖果色。但是，嘟嘟没有想到这个地方真的存在。她一直以为，那和爸爸说过的"我会带着好多好多钱回来的"一样，是个美好的谎言罢了。

八岁之前，当家里有爸爸、有妈妈的时候，嘟嘟还是个无忧无虑的小胖妹。小孩子胖胖的，圆圆滚滚，在春町镇是很受欢迎的。大叔大婶见了嘟嘟，都要上前来抱抱她，拧拧她的脸蛋。爸爸会给嘟嘟讲故事，那些故事，让生在春町的嘟嘟，逐渐萌生了一些小小的愿望和梦想。

是的，爸爸曾经讲过的那个梦幻般的国度，糖果色的国度，原来真的存在！

嘟嘟又一次望向窗外，她再次确定了那些建筑、树木和街道的颜色——没有粉红色。

爸爸说过，世界上只有一个地方，没有粉红色这种颜色。

她记得爸爸是这样说的：

"从前有个仙女，她有八个孩子。这些孩子有着世界上最好听的名字和最漂亮的脸蛋，而且由于是仙女的孩子的缘故，她们都会使用魔法。"

"我为什么不是仙女的孩子？"小嘟嘟问。

"你当然是仙女的孩子。"爸爸说。

"可是，我长得不好看，也不会魔法。"小嘟嘟很不开心。

"你当然好看，嘟嘟。"

"真的吗？"

"真的。而且，你是会魔法的小孩哟！"

"我哪有？"

"妈妈爱你，爸爸爱你，这就是嘟嘟的魔法啊！"

那个关于魔法的故事，嘟嘟记得是这样的：

从最大的孩子到最小的孩子，依次可以控制一种色彩。只要他们乐意，就可以把任何东西变成他们想要的颜色。

老大波尔冬喜欢红色，所以他来到人间，把红色涂抹在火焰、玫瑰还有姑娘的脸颊上。老二纱努喜欢橙色，所以人们从此就可以拥有洋葱式的橙色房顶。老三乌苏历则喜欢黄色，他每年初春的时候总爱满山遍野地画上这种颜色，人间就有了迎春花……到了最后一个孩子，她是他们最小的妹妹，名叫"淘气的夏薇薇"。像哥哥姐姐们一样，她也会魔法。

仙女和稍大的孩子们十分疼爱这个小妹妹，他们喜欢管这个小婴儿叫"粉红色的夏薇薇"。夏薇薇刚一出生就是个淘气包，她挥动着小手，眨巴着眼睛，不但不哭，反而笑了起来——在所有人的震惊中，整个产房就渐渐变成了粉红色！

原来，夏薇薇喜欢粉红色！而且，她总是淘气地把任何看得见的东西都变成粉红色！

"夏薇薇，你这样做可不对，"仙女说，"世界不能只有一种颜色。"

"吧呀吧呀……"夏薇薇躺在摇篮里反驳。

"我知道，我知道，"仙女弯下腰亲吻她的额头，"小宝贝，你是多么喜欢粉红色呀！可是这个世界上还有别的颜色，哥哥姐姐们很辛苦地给它们画上了颜色，你不能太淘气了！"

可是，在某一天下午，夏薇薇趁仙女不注意，偷偷从她的小摇篮里爬了出来。

夏薇薇一直爬到窗户旁，她朝下一望，那是一片黑黢黢的海洋。

原来，在仙女的世界里还是下午，但是在人间的大地上却已经是夜晚了。

夏薇薇独自坐在窗边，好奇地看着星星们在黑色的海洋里闪烁，云朵像巨大的鲸鱼一样慢悠悠地浮动。

"云朵怎么会像大鲸鱼，爸爸骗人啦！"小嘟嘟说。

"爸爸没有骗人，爸爸带你去看！"

爸爸把嘟嘟架在脖子上，带着她跑上了街。从家一路跑到南街口的海边，爬上灰色灯塔，爸爸指着大海说："嘟嘟你看，白云的影子落在海里，是不是像大大的鲸鱼？"

小嘟嘟拍着手，兴奋地叫起来："哇，好多好多大鲸鱼！一条，两条，三条……七条，八条……爸爸啊，八过了是几啊？"

爸爸没有回答，而是自顾自地说起来。

坐在窗边的夏薇薇吃着手指头，乐呵呵地想：要是这片海洋变成粉红色，那该多好呀！看，就像我们站在灯塔上看着面前的大海一样！

于是，海洋真的就变成了粉红色。

这只花了三秒钟的时间。然而人间却乱成了一团。

人们发现黑夜变成了粉红色，便纷纷跑到大街上来目睹这一世界奇观。接着，人们发现更奇怪的事情正在发生：云朵和星辰变成了粉红色，树木和花朵变成了粉红色，广场和便利店变成了粉红色，就连马路上的红绿灯都变成了粉红色。

这下世界可乱套了。

人们好不容易等到了白天的到来，可是他们却发现，太阳也变成了粉红色。

"爸爸又骗人！"小嘟嘟说。

"没有啊。"

"怎么可以！"

"嘟嘟，如果一个人的愿望足够强烈，就可以改变风的方向、物体的大小，甚至天空的颜色。不相信的人之所以永远无法改变，是因为他们的愿望不够强烈。"

这个时候，在天空的最高处，仙女回到家发现了坐在窗边的淘气包夏薇薇。

"天哪！看看你这小家伙干了什么！"仙女生气地说，"我得把你的哥哥姐姐们叫来，让他们重新给世界上色。"

这下可累坏了仙女家的大孩子们。

老四杰奎琳忙着把树木、草地和邮筒都变回绿色。老五苏伊则和老六老七一起挥汗如雨地填补着大海的颜色。而最累的是老大波尔冬，因为虽然从大地上看来太阳还没有煎饼大，然而它事实上是一个巨大的蝴蝶球。成千上万的蝴蝶把太阳包裹起来，老大波尔冬要做的就是给每一只蝴蝶的翅膀涂上红色。

等到这一切都干完了，孩子们累得东倒西歪。只剩下被放回摇篮里的夏薇薇咯咯地独自笑着。

仙女把目光从摇篮上移开，朝着窗外望去——只见人间的一切都恢复了过来，红色的火焰，橙色的房顶，黄色的迎春花，绿色的草地和蔚蓝的海洋……

可是她立即又皱皱眉。唉，这还是显得不太对劲。原来，虽然世界被重新上色，但是所有的东西都微微泛出一点粉红色。

仙女摇摇头，叹口气，这个淘气的孩子，这个粉红色的小家伙夏薇薇！

而大孩子们却并不沮丧，因为在他们重新涂抹世界的时候，发明了一种叫作"彩虹"的东西，他们用"赤橙黄绿青蓝紫"七种颜色画出一张弯弯的弓，那就是漂亮又神奇的彩虹啦！

当然，从此之后，因为他们那个淘气的妹妹夏薇薇，世界上的一切都有点变样，通通泛出一点粉红色。如果你仔细观察，一定能发现这一点：玫瑰花瓣中隐藏着粉红色，绿色大地中隐藏着粉红色，高楼大厦中隐藏着粉红色，就连大海，在太阳升起和落下的时候，你也能发现它隐藏着粉红色。

"真的吗？三叔店里的煎鱿鱼也是粉红色？"小嘟嘟天真地问。

"那个……嗯，当然也藏着粉红色啦！煎煳了的鱿鱼是最浓最浓的粉红色。"爸爸说。

这是嘟嘟和爸爸的小秘密。都是因为淘气的夏薇薇，这个世界有了一个别人都不知道的真相：除了彩虹，你能在任何事物里找到粉红色，因为它是夏薇薇最喜欢的颜色！

嘟嘟记得这个故事，是因为每次想起它，就好像吃了棉花糖一样，心里暖暖的。

自从爸爸在她八岁那年离家出走以后，嘟嘟就再也不愿意主动回想爸爸讲过的故事了。

可是，置身在这个糖果色的、一点点粉红色也不掺杂的地方，嘟嘟的心情又激动起来：原来爸爸没有骗人，我现在就在彩虹里呀。

如果连这么不可思议的事情都是真的，那爸爸当年留下纸条说会带很多很多钱回来，是不是也是真的？其实……只要一家人在一起就好，没有很多钱也会很开心啊。

嘟嘟想到这里，突然心里酸酸的，很想哭。

"喂，臭丫头，时间到了。我看你就是猜三百年也猜不出来自己到底在哪里吧？"

嘟嘟鼓起勇气，大声说出了自己的答案："这里……这里是淘气的夏薇薇无法进入的魔法城邦，以彩虹之名存在的国度。"

她的话音一落，咖啡小店开始摇晃起来。

水蓝色的墙壁好像拼图一样碎裂开来，落得到处都是。而沙发和地板则飘了起来。

最后，周围只剩下刺目的白。

在一片虚空里，沙发上的女巫揪着自己的头发，用一种哀怨的声音对嘟嘟说道："不可能！我已经对你施过遗忘之魔法了……你不可能猜对彩虹之穹的名字啊！我为什么这么命苦！但是，既然你猜出了彩虹之穹的名字，作为彩虹的仆人，看来我必须满足你那可笑的愿望了。"

"等一等，我不要当什么高贵的小姐。我只要我的爸爸妈妈都回来！"

"你要的这个，可不在我的菜单上。不要和一个女巫讨价还价，那是非常危险的。"

"你到底想怎样啊，大婶？我还赶着回去送活鱼呢！"

"死丫头，和我说话客气点。你一直走霉运，幸好遇到我，现在你的运气来了。"

"完全没有看出来啊……"

噗！

女巫吐出一口黑色的血。她擦了擦嘴，45度角望向虚空，喃喃地说道："王子啊，这口血是为你吐的。我们的计划，看来进行得很不顺利呢！"

"什么？王子？在哪里？"嘟嘟扭来扭去，她的四周是无边无际的空白……这个世界，似乎只有她、地板、沙发、和坐在沙发上的女巫。

"为我的健康着想，我长话短说：这是一个有时间限制的幸运游戏。看到我手里的沙漏了吧？当这个银色沙漏里的沙开始向上逆流的时候，我们的游戏就开始了。财富，美貌，贵族血统……当你从梦中醒来，这些都是你的了。接下来你会遇到游戏的主角，只要你能帮助主角实现愿望，就可以拥有那个崭新的身份。当然，开始的时候我就说过了，这是一个有时间限制的游戏，当这个沙漏里的沙开始慢慢流泻，最后消失殆尽的时候，我们的游戏就结束了。如果到那时候你还没有实现主角的愿望，那你就会重新回到以前——贫穷、肥胖、孤单的你……你愿意吗？"

"游戏的主角，就是彩虹之穹的王子？"

"是的，我们尊贵的王子。"

"他不会刚好是什么有眼无珠、砸了人不知道说好话的少年魔术师吧？"

"什么乱七八糟的。王子就是王子啦！"

"那就好！我放心啦！大婶，给我看看你们王子的照片嘛！"嘟嘟搓着手，两只眼睛里冒出无数红心。

"先签合同啦！"

"啊？什么？不要这么现实嘛，人家刚刚才开启了梦幻的第一步！"

女巫变戏法似的，从宽大的风衣中掏出了一张纸和一支笔，递到嘟嘟跟前："写上你的名字。"

"这明明是张白纸！合同在哪里？条例在哪里？我还要咨询一下律师啦！"

"少啰唆，没时间了，你签不签？"

"签签签！看在游戏主角是王子的分上，嘻嘻！"

嘟嘟接过白纸，写上了"蓝嘟嘟"四个字。

最后一笔刚写好，纸条腾地飞了起来！

好像吸足了水的海绵，纸条膨胀得好大好宽，最后变成了一张……呃，飞毯！

"慢走不送！"女巫松了一口气，赶紧将嘟嘟扫地出门。

嘟嘟坐在写着自己名字的飞毯上，急速下坠。

银色沙漏开始逆流：邂逅 I

她听见奇妙的声音从耳边掠过，她看见斑斓的色彩扑面而来。赤橙黄绿青蓝紫，啷啷从彩虹的中心坠落，又穿过了厚厚的云层和蔚蓝的海，来到一座开满郁金香的小岛。

色彩艳丽的郁金香开满了小岛上坡度缓和的几座小山冈。晴空之下，美不胜收。

19世纪法国作家大仲马所写的传奇小说《黑郁金香》就用了很极致的手法来赞美这种花——"艳丽得叫人睁不开眼睛，完美得让人透不过气来"。可是，如果大仲马先生来到这座开满郁金香的小岛，一定会后悔自己之前的描述还不够夸张、不够华丽。红、粉、黄、白、黑、紫六色郁金香像浓稠的颜料一样泼洒在山冈上，流向海边。在这绚丽的色彩与澄澈的海水之间，是一湾浅浅的白色沙滩。只能用"艳丽得让人失明，完美得让人窒息"才能形容这幅不可思议的美景。

在馥郁的香气中，飞毯飘飘荡荡，像个大风筝似的落在了海边的沙地上。

"好卡哇伊的花啊！"嘟嘟一看到漫山遍野的郁金香，就想在山坡上打滚。

在这片宛如油画的背景上，缓缓走过一个白色的影子。

嘟嘟发现，那是一个瘦瘦高高的男孩。他沿着沙滩的边缘走走停停，背影很孤独的样子。

男孩戴着鸭舌帽，棕色的头发在帽子下服帖地挨着脖子。看不清他的脸，只能看到他有一双修长的腿和一双苍白的手。白衣男孩不时掏出速写本，在上面涂涂画画。可是他对美艳的花朵看都不看一眼，而是看向空无一人的四周。有时候，他专注地盯着一个方向，看两眼，又低头涂两笔，忙碌间再抬头看两眼。可是他看着的地方，却什么都没有。他画了一幅又一幅图画，似乎永远不知道疲倦。每画完一幅，他就把它撕下来，平摊在沙滩上。很快，站在白色沙滩上的白衣男孩就被无数白色画纸包围了。这真是个奇怪的男孩！

嘟嘟记得春町镇的老人说过，把牛左眼的眼泪抹在自己眼睛上，就可以看见鬼。难道这个男孩抹了牛的眼泪？他那一本正经描摹的样子，仿佛眼前真的站着什么人似的。

嘟嘟正在胡思乱想，突然扑过来一个大浪。嘟嘟来不及躲闪，被劈头淋了个透心凉。大浪来得快去得也快，浪退之后，嘟嘟看到男孩也是狼狈不堪，正在快速退去的潮水中抢着那些被卷向大海的画。想都没有想，嘟嘟立刻加入抢画的行列。两人浑身湿透地在水里打捞了半天，总算打捞回来所有的画稿。

可是被海水一浸，几乎都看不清楚那上面到底画的是什么了。

等这突如其来的一切过去，迎来小小的片刻休憩时，嘟嘟才终于抬起头看清了白衣男孩的模样。

白衣男孩的个子好高啊，站在他面前，只能完全采用仰望的姿势。男孩的帽子被浪卷走了，露出白皙的脸来。精致排列的五官只能用完美来形容，嘟嘟不敢相信长得白的男孩子竟然可以这么清澈又有味道。男孩略有些羞涩的唇角，以倔强的姿态微微上扬。滴着水的棕色头发下，一双比黑夜还要黑的深邃眼眸，忧郁地低垂着。他眼神里的那种孤独，让嘟嘟想起了一个人——初中时候的转校生同学沐。温柔的沐，也有这样柔和的、让人心疼的眼神。

湿漉漉的两个人，素昧平生，却在这一刻，在空无一人的沙滩上以这样奇妙的方式偶遇。

也许是因为白衣少年的眼神太像沐了，嘟嘟竟然觉得和他之间并没有隔阂，两人仿佛已经认识很久了。

这样柔美纤弱的少年，谁看了都会心疼。

嘟嘟的心里好像小鹿在乱撞，她低下头，看到陷在沙地里的自己的胖脚趾，越发不敢抬头了。

于是，画面就定格成了这个样子：绚烂层叠的郁金香山冈下，白色的海岸线被浪花勾勾画画。忧郁的王子与矮胖的"充气猪"面对面地站着，虽然沉默，却好像彼此间已经有了默契。

此刻，嘟嘟的脑子里啪的一声打开了复读机似的，不停重复念着："怎么会这么帅？怎么会这么帅？怎么会这么帅？怎么会这么帅？怎么会这么帅？怎么会这么帅？……"

既然这么帅，那就鼓起勇气多看几眼吧，不看白不看——想到这里，嘟嘟又勇气十足地抬起了头——意志力、肉肉和勇气，是伴随嘟嘟成长了十六年且一直对她不离不弃的老朋友。

"接下来你会遇到游戏的主角，只要你能帮助主角实现愿望，就可以拥有那个崭新的身份。"女巫的话回响在嘟嘟的脑海里。

"转运了！转运了！"嘟嘟捂着嘴窃笑起来。原来这个忧郁大帅哥就是彩虹之穹的王子啊！他看起来好柔弱好忧郁，真是让人母爱泛滥啊！不知道比之前那个从天而降的讨厌魔术师好了几千几万倍！虽然王子的个子那么高，又略微有些倔强的样子，可是，真的让人有一种心疼的感觉呢。一万个女孩子里一定会有一万零一个站出来说：让我帮助您实现愿望吧，王子殿下！

而在距郁金香岛三万英尺的高空中，银色沙漏里的星星沙停止了逆流，开始徐徐下落。

倒霉蛋大变身

仿佛做了一个漫长的梦。

嘟嘟觉得，这是自己十六年来做过的最好的梦，也是睡得最饱的一觉。要不是还要面对残酷的现实，她真不想醒啊。

深呼吸，揉揉眼，再伸个懒腰。嘟嘟不情愿地睁开双眼。

天啊！这是什么？一个肉色的"大蒜"像搁在嘟嘟脸上似的，近在眼前！"大蒜"上还有两个黑洞！

揉一揉眼睛，再一看，竟然是个外国管家的大鼻子！

"小姐，您醒了，请抓紧时间梳洗吧，开学典礼要开始了。"

"小姐"？"开学典礼"？什么和什么啊？

再一看，和之前那个梦里一模一样的公主床耶！自己正躺在上面！米黄色的天鹅绒丝被，蕾丝点缀的床帐，好豪华！满天星图案的顶棚，粉红色的梳妆台……不不不，这不是真的！我一定还在梦里！想到这里，嘟嘟伸出手掐了自己一把。

"好痛！"

"小姐，您怎么了？不想起床吗？今天可是有学院特别为您准备的欢迎仪式啊！"

啊，不是梦！而且，床边围过来了一群穿着女仆装的可爱女孩子。

"天哪！救命！"嘟嘟大叫。

"小姐，那么我先去备车了。"管家说完，礼貌地退出了房间。嘟嘟一头雾水地被这群女仆簇拥到了豪华浴室。

"不要啊，才送完鲜鱼，很臭啊！"嘟嘟绝望地仰面大喊。

"小姐，鲜鱼是送到厨房的，由厨房女仆处理。我们是您的侍寝女仆，我们没有碰过鲜鱼，请您一百个放心。"

"不要啊，住手！快住手！除了我妈，没有人可以把我看光光了啦！"

"小姐，请您配合。开学典礼就要开始了哟！"

被这群女孩麻利地剥掉身上的睡衣，嘟嘟惊吓过度，睡意全无。

看看这些女孩，一个个身材匀称、脸颊红润，每一个都那么可爱。嘟嘟绝望地闭上了双眼。被一群可爱的女孩子看自己又臭又肥的身体，真是一件惨绝人寰的事情啊！

洗脸，按摩，花瓣浴……嘟嘟一直都不敢睁眼。

自尊心和好奇心分别控制了上下眼皮，一个说：不要睁开眼睛，简直丢死人了！另一个说：快看哦，快看哦，好奢华的少女浴室呀！

最终，好奇心占了上风，嘟嘟偷偷睁开了眼睛，窥视起这个豪华的房间来。

天哪！说是房间，地板上却镶嵌了有一个室内游泳池那么大的浴池！四面矗立着十二根白色大理石的柱子，希腊神话中各女神的半身雕和全身雕错落有致地排列在房间中。这样的景象，让人不禁以为回到了古希腊时代。而浴池边缘对称排列的八个黄色大理石雕刻而成的狮子头，正源源不断地吐出冒着热气的泉水。满池的蔷薇花瓣也是极尽奢侈之能，沁人心脾的蔷薇花香蒸腾弥漫。淹没在这蔷薇花海之中，丑小鸭也会以为自己变成了白天鹅。

嘟嘟还在好奇地东看西看，自尊心又突然跳出来说：别看了，一会儿看到镜子，别哭得镜子都碎掉才好呢！

嘟嘟只好听话地闭上眼睛，任由女仆们为她擦身、熏香、更衣。

"虽然当不成最美丽、最贤良、最智慧的公主，至少可以当个最胖的公主。在胖这个领域，其他公主绝对不是我的对手！"嘟嘟浮想联翩。不知不觉间，女仆们已经虔诚地跪着为她整理好最后一根鞋带，领着她穿过铺着名贵波斯地毯的长长的走廊。

走廊太长了，以至于每隔三步就燃着一盏壁挂式油灯。油灯之间挂满了嘟嘟完全叫不上名字来的名画。

这条走廊，真的好有皇宫的派头。

正在纳闷这一切到底是怎么回事的嘟嘟，冷不丁发现迎面走来了一位高贵的少女。她的身边也簇拥着一群可爱的女仆。少女有着紫水晶般的清澈瞳仁，吹弹可破的肌肤，天鹅一样修长柔美的脖颈。她身上穿着一件粉色的薄纱裙，那华贵的质地衬托得她更加楚楚动人。少女也在打量着嘟嘟。她脸上有一抹微微害羞的神色，眼神却充满了善意。

嘟嘟冲少女笑了笑。

少女也冲她绽放出无比纯洁的笑容。

"她才是真正的公主嘛！"嘟嘟心里暗暗说，"简直就是宇宙无敌蔷薇美少女！"

"小姐，今天这样的装扮您满意吗？"女仆们躬身问道。

"谢谢你们，辛苦了。那个，对面那位小姐是谁呢？我要不要过去打个招呼？"

"小姐，您真会开玩笑。这明明是您最钟爱的古罗马卡德思奇穿衣镜呀！"

"古……古罗马……卡……卡什么……"嘟嘟的心扑通扑通跳起来！怎么可能？这怎么可能是镜子？难怪以为走廊很长，原来走廊的尽头是一面豪华的落地大镜子！

嘟嘟不可置信地再次望着眼前的镜子。

美丽的蔷薇少女也睁大了一双紫色的眼睛，一眨不眨地看着她。

"财富，美貌，贵族血统……当你从梦中醒来，这些都是你的了。"女巫的声音透过走廊尽头的这面镜子，穿越那神秘的彩虹国度而来，一下一下敲打着嘟嘟的耳膜。她怔怔地看着镜子里的"自己"。嘟嘟当然记得女巫的这句话，但是她没有想到一张空头支票竟然以10倍的价值兑现了！

"小姐，您非常美丽！您可以出门了。"大鼻子管家出现在走廊的另一头，恭敬地催促嘟嘟动身。

虽然嘟嘟已经有了心理准备，可是看到家门口停放的送自己上学的车时，她还是不禁哇地叫了一声。

"小姐，您对今天安排的这辆车有什么不满意吗？"

"没有，没有，很满意。我们出发吧！"

坐进了布加迪威龙跑车，嘟嘟问大鼻子管家："今天是几月几号？"

"九月三号。今天是凤凰学院开学的日子啊。"

"凤凰学院？"嘟嘟不敢相信，那个已经跟自己挥手说再见的梦想，现在近在眼前。自己正在去凤凰学院的路上？想想也是，这样一个大小姐，当然应该念凤凰学院啦！

说话间，布加迪威龙已经来到港口。管家领着嘟嘟下车，换乘了据说是"自己家"的一辆豪华游艇。

港口上簇拥了一群人，探头探脑地打量着、唾沫飞溅地议论着。嘟嘟还以为他们就是来迎接自己的仪仗队。没想到，这群人竟然是来看车的。

"全手工打造的威龙，全世界一共也只有200辆哟！没想到今天亲眼见到了！"

"16缸引擎，1001马力，令人喷血的车中之王啊！"

"这就是世界上时速最快的跑车吗？"

"是啊，速度比麦拉伦 F1 赛车的速度还要快哟！"

哇，原来刚才坐的那辆车这么拉风？嘟嘟仔细回想了一下，不过就是感觉在高速公路上坐了一下沙发嘛，没有什么特别的呀。

突然间，周围一下子变得好安静。

怎么回事？

刚才还嘈杂不休的人群，一下子鸦雀无声了……嘟嘟觉得身上发冷，这才发现，阳光不知道什么时候被挡住了。

挡住阳光的，是一艘悄无声息靠岸的巨型游艇。

嘟嘟站在港口，仰起头看着这艘地中海风格的白色游艇。

人群中爆发出新一轮的赞叹。

"这不就是传说中的阿姆布洛夏纳游艇？它不是还在荷兰等买家吗？"

"原来，桃府已经秘密买入这艘游艇了，真是低调的华丽啊！"

"这艘游艇可是有'海上别墅'之称哟，里面的家具都是野生橡木做的，还有上等石材做成的花纹浮雕哟！"

"小姐，这是专门为您上学准备的。新学期开始后，就由这艘游艇接送您往返凤凰学院和桃府。"

嘟嘟稳定了一下自己的情绪，以免还没上船就晕倒了。跟随管家来到游艇上之后，嘟嘟惊奇地发现，它竟然拥有一个停机坪！

不愧为来自古老造船厂的杰作，这艘"海上别墅"果真一应俱全，每个房间都布置得像总统套房一样。嘟嘟踱到"嘴唇"形的船尾，眼睛不禁又大了一圈！天啊，船尾竟然有个人工小瀑布，瀑布下方是人见人爱的浴缸！

原来大小姐的生活这么热情奔放、创意无限！如果把失踪的老妈找到，再约上她在春町的那些大婶朋友们……一群人来这里泡瀑布浴，还能欣赏大海的美景，真是太幸福了！

"小姐，小姐，快醒醒……"

"啊？哦，我刚刚……只是晕船而已啦。"

游艇一路乘风破浪，朝着凤皇学院前进。

远处帆影点点，嘟嘟问管家："那都是些什么人的船呢？"

"回小姐，都是您的新同学呀。一般同学都是坐游艇上学，家境稍微贫寒的同学就由家里的司机开车从跨海大桥去学院。"

"可是他们好像跑偏了一点点。"

"回小姐，由于我们乘坐的这艘游艇稍微大一点，他们的游艇靠近我们，容易被海浪推开甚至掀翻。所以，大家都各行其道为好。"

帅耶！嘟嘟差点都要跳起来了。原来报纸上写的是真的！凤皇学院的学生都是坐自己家的豪华游艇上学，开车上学的学生会被嘲笑呢！那会是一所怎样的高中呢？

嘟嘟突然又想起了春町。可爱的春町啊！

谁能够理解蔷薇少女的脑子里，思念着一个可爱、乡土又名不见经传的海边小镇呢。

没多久，嘟嘟乘坐的游艇就抵达了凤皇学院为新生特别设置的"新生码头"。这里已经聚集了好几十艘豪华游艇。即使是世界富豪的聚会，也不过如此吧。何况这只是一个高中的开学典礼？太夸张了！

来到岛上，嘟嘟禁不住都要热泪盈眶了！十六年来，只能爬上灰色灯塔遥遥地看着的地方，今天终于印上了自己的足迹。

"小姐，用纸巾擦一下口水吧。您的欢迎仪式马上就要开始了！"

"啊？哦！"

热烈欢迎桃芳琪芳芳小姐，入读凤皇学院

看到崭新的红地毯和罗列在两旁的礼仪队、粉丝团，随着漫天飘舞的缤纷彩带，嘟嘟的下巴都要惊掉了。

"这，这是为我准备的？"一种从没体验过的存在感，侵略了嘟嘟的全部感官。

"神啊……死了我也愿意！"一时兴奋的嘟嘟不禁这样叫道。

紧接着四处发出的赞美和欢呼雀跃之声，让嘟嘟明白了：现在自己的灵魂所寄居的处所，应该是一个贵族小姐的身体，这位小姐名字叫桃芳琪，她的家族是凤皇学院的三大投资人之一。这位芳芳小姐是个同时兼备出身、财富、智慧与美貌的完美角色。

"您好，我是新生代表——何雅斯，也是新入选的校园八卦周刊《凤皇八爪鱼》的记者，很荣幸能采访到您，请问……"

震惊！太震惊了！熟悉的面孔，何雅斯，我蓝嘟嘟会不认识你吗？以前在初中一直拜你所赐的痛苦回忆，我不会轻易忘记的。

何雅斯是嘟嘟见过的最讨厌的女生。因为长得漂亮，老爸又靠贩四丸虾成了暴发户，她就处处欺负班里的同学。像嘟嘟这样的人，更是常年被她欺负。

"请问，什么样的人才能成为您的朋友？也就是能得到您的认可？这是大家都很关心的问题，也是大家努力的目标。谢谢。"

"外表再美，如果拥有恶毒的心灵，也是丑陋的。就像在这样一个全国顶级的高中里面仍然会有徒有其表的讨厌鬼，懂吗？"

"那是当然的，您说得真好！太好了！大家鼓掌！"

看到何雅斯不断献媚的笑容，嘟嘟有一种报复的快感。原来灵魂附身到大小姐身上是这么美妙的一件事啊！

在万众瞩目中，嘟嘟度过了非常充实的一整天。有七八个校园社团都邀请她加入，新生们纷纷来和她交换家族名片，各个科目的老师也专门安排了和她的课前见面。

嘟嘟深深地体会到了出众的外貌和显赫的家世就好像巨人的双肩。拥有了这些，你就是那个站在巨人肩膀上的幸运儿。

开学典礼结束，阿姆布洛夏纳从"新生码头"出发，带着嘟嘟回到了海港。布加迪威龙已经停在那里，等待着大小姐的归来。

豪宅的晚餐时间。

叫得上名、叫不上名的美食陆续摆在长得离谱的餐桌上，满桌的食物和昂贵的餐具交相辉映，发出耀眼的光辉……太丰盛了吧！嘟嘟的口水已经打湿了面前的餐布。被精心折成金丝雀的餐布马上就变成了"落汤鸡"。

"小姐，请用餐。"

看着眼前的十二把银质刀叉，占据着蔷薇少女躯体的草根胖妹傻眼了。她尴尬地冲管家小声地说道："那个……能给我一双筷子吗？"

"当然可以，小姐，这是您的家啊，尽管吩咐。"

"立刻给小姐准备筷子！"

"报告福特管家，我们餐具里没有小姐需要的筷子。"

"……"

"报告福特管家，发现一双清朝的古董筷子，可以给小姐用吗？"一个女仆紧张地说道。

咕咕……咕咕……咕咕……咕咕……大小姐的肚子发起警报来。

"立刻去高温消毒十次，拿过来！"

蔷薇少女的一天就这样在亢奋和有惊无险中过完了。

第 3 章
燃烧吧，银丝拉面！

 魔术师的现身

 校长奶奶的拉面

 银丝拉面大作战

【出场人物】

桃芳琪，植安奎，校长奶奶，福特管家，
林沐夏，何雅斯，黑猫

【特别道具】

面粉，水（普通面粉和水就好啦）

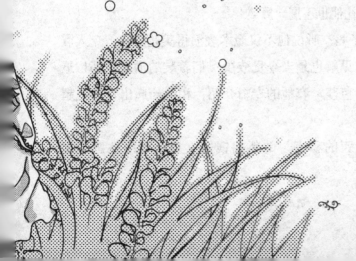

魔术师的现身

开学第一天，"桃芳琪大小姐"准时抵达凤皇学院。

一身小洋装打扮的她，立刻成为狗仔同学们的采访焦点。

嘟嘟吓得落荒而逃。在学院里东躲西藏了一圈，她发现，校园八卦周刊的普及率比物理书的还高，《凤皇八爪鱼》已经是人手一册了。女孩子们尤其是《凤皇八爪鱼》的忠实拥护者，她们一个个津津乐道地看着上面的新闻，还用贵小姐特有的口气交谈着。

"哇，是世界魔术家族的独生子啊，因为国外繁忙的魔术表演，连人人都想隆重亮相的开学典礼他也不屑一顾哟！"

"真的？是那个奎王子吗？听说他不仅魔术表演得美轮美奂，令人震惊，而且他对时尚的独特见解也是当今贵族少爷们着装的潜规则耶！最新一期的《BAZAAR时尚芭莎》有他的专辑介绍，和他一起出镜的是超级名模海蒂·克鲁姆哟！"

"不会就是'维多利亚的秘密'的新摇钱树女皇，超级性感的那个吧？"

"这种梦幻王子也来这里读书啊？好棒！"

"他父亲是个神秘的亿万富豪，财产数目一直在福布斯财富榜的前列啊！而且也是凤凰学院的最大股东！"

"我还听说没有一个少女能够抵挡住他的魅力，这次终于可以欣赏到他的风采了！说不定还有希望展开一次梦幻爱恋之旅啊！不知道哪个女孩这么幸运！"

…………

一群花痴少女叽叽喳喳地说着。

突然，操场上传来了直升机的螺旋桨声。

碧草茵茵的停机坪，嘟嘟一直以为是凤凰学院的一个排场。没想到，真的有学生会坐着直升机来上学？这个奎王子也太夸张了吧！

"哇！是无尾桨的私家直升机啊！"

"完全是世界顶级富豪的标志嘛！"

看着这些望眼欲穿的大家闺秀、小家碧玉，嘟嘟不禁在心里嘲笑起她们来。

论贵族血统，谁能比得上郁金香岛上那个忧郁的白衣王子？论气质长相，谁能比得上自己的初中同学林沐夏？这些大小姐们就是足不出户所以才会这么大惊小怪，在嘟嘟的心里，除了刚才提到的两个人，其他男人都是粪土啊粪土！

传说中的奎王子缓缓地走出了机舱。

啊！竟然是他！

嘟嘟突然觉得心跳都停止了——

她怎么可能忘记自己人生中最悲惨的一天所看见的最后一张脸！而现在，那张脸的主人正得意地微笑着，惊起女生们一阵高过一阵的尖叫。

"啊，王子今天穿的是迪奥的皮草哟！"

"他戴的那表……是不是最新出的江诗丹顿限量版蓝白方钻腕表？"

"杰尼亚的西装，只有奎王子这样有气质的人才配穿！"

"看那双菲拉格慕鞋，我也有一双女版的！啊，没想到和奎王子的品位一样，太感动了！"

"什么魔术师啊，明明是大魔王！"嘟嘟小声嘀咕。

微风轻拂，王子轻轻理了下扬起的衣角，纤长的完美身段展露无遗。无数花季少女的心都扑腾到了空中。

只见王子的嘴角轻扬起淡淡的笑意，他优雅地伸手打了一个响指，无数的鲜花便自动飘到了各位沉醉少女的手中。

这是魔术吗？接下来我们的奎王子又以各位崇拜者完全反应不过来的速度，让豪华直升机消失得无影无踪！这壮观的场面震惊了在场的所有人。

"啊！"

"受不了了！"

"呜呜呜！"

……

崇拜者们惊声尖叫着，甚至有人激动得大哭起来。

"植安奎！植安奎！"她们大声地一次次叫着王子的名字。

嘟嘟被挤在热烈的欢迎人群中，愤愤地想：这种讨厌鬼也会有人喜欢吗？居然说本小姐的脸是抱枕！鱼腥味的抱枕！

突然，嘟嘟忍不住捂着嘴偷笑起来："要是这些花痴少女们知道讨厌的大魔王在天上飞着飞着掉了下来……哈哈哈哈哈！太糗了！"

嘟嘟完全没有意识到自己此生最强大的对手已经出现了。

是的，植安奎——万众瞩目的少年魔术师，在凤凰学院出现了。

"不过就是一个爱显摆的家伙而已嘛……"嘟嘟还在不识相地嘀咕。这时她感觉袖子被谁拉了拉。

"芳芳小姐，您看我手里的花！好幸福啊，我还是第一次收到这么漂亮的花！"何雅斯凑上来，向嘟嘟炫耀她手里的一束向日葵，她和其他少女一样满脸幸福地沉醉着。

嘟嘟不禁摇着头感叹："送粉丝葵花？就因为他名字里有奎这个字吗？切，太自恋了吧！"

要说葵花，我蓝嘟嘟才是世界上最可观的一朵葵花哟！

淹没在捧着葵花的少女之中的嘟嘟，在后来的日子里，一直把大小姐们的这种状态叫作"泛滥型花痴综合征"。

极炫的亮相之后，植安奎在凤凰学院高层的陪同下，去了会议室。据说这和他父亲安排的重要决策有关。

紧闭的会议室大门外，簇拥着等待目睹王子风采的少女们，她们一直待到下午。

校长奶奶的拉面

晚餐时间，嘟嘟来到了学院的"巴比伦花园餐厅"。

因为当初设计师希望建成后的餐厅能像古时的七大奇迹之一——巴比伦空中花园一样，所以整个餐厅位于一座 55 层楼高的大厦的顶层。碟形的构造看起来好像浮在云端的花园。四面都是落地玻璃窗的大厅被布置成若干餐区：甜点区，冷盘区，熟食区，汤羹区……应有尽有。

今天的餐厅里清一色都是男生。"桃芳琪大小姐"的出现，立刻引起了骚动。

嗯，真是阴阳平衡啊，学院的女生都跑去会议室门口等她们的梦中情人了；学院的男生则在这里与美丽的芳芳小姐不期而遇。

"芳芳小姐，今天有难得一见的拉面哟，"打着领结的侍者迎了上来，做起了介绍，"据说这位拉面师傅以前专给外宾做拉面，一年只有这个月在学校就职。您要试试吗？"

"啊！好久没有吃到过地道的拉面了，好耶！"嘟嘟高兴地说。

夕阳的余晖穿过一扇扇白色欧式落地大窗户，斜斜地洒落下来，夹杂着反射过来的浓密的枝叶与花朵，显得斑斑驳驳、零零碎碎。那些光芒如同精灵，在蔷薇少女如玉的面孔上跳跃。

令人没想到的是，做拉面的师傅，竟然占据了最好的海景位置。

在拉面师傅的案板背后，夕阳正沉沉坠入紫色的大海。通透的大落地窗成了拉面师傅的背景，夕阳光线的变化更增添了几分神秘感。这幅画面如此美妙，在大落地窗前摆开架势做拉面的师傅，自然显得厉害了很多！

"哇，好大的架势！"嘟嘟俏皮地做了一个鬼脸。

只见长长的条形案板上，摆放着一个巨大的软面团，一个子小小的、干瘦的婆婆戴着大大的口罩和高高的厨师大白帽子，将大面团反复地捣、揉、抻、拉、挤、摔、掼以后，将成长条，揪成茶杯粗、筷子长的一条条面节，扑上干粉，动作之干脆敏捷，让人不敢相信这一套行云流水的动作竟然出自一个老太太之手！

"好厉害的手艺，老婆婆，给我来一碗吧！"

"识货，小姑娘！你是要粗条、二细、三细、细、毛细还是大宽、宽、韭菜叶？"

"都试试吧！"嘟嘟一个劲儿地直流口水，已经忘记自己现在不是以前那个200斤的大饭桶了。

"干脆！一点儿都不像我家的那个坏小子！我喜欢！小姑娘，你点的面稍等就好！"

一瞬间的工夫，面就摆到了嘟嘟面前。

一阵浓烈的牛肉汤香味迎面扑来，嘟嘟先喝一口汤，说："好正宗的味道，老婆婆我开吃了！"

"那是当然的，这汤可不是普通的汤，嘿嘿！我老婆子熬汤所选用的牛肉是高原上的肥嫩牦牛，加入大块牛头骨、腿骨、棒骨、排骨，再加上牛肝汤和鸡汤，此外还加上多种天然香料，包括花椒、草果、桂皮、胡椒、姜片、核桃仁、肉蔻、丁香、小茴香、香叶等，最后，最重要的是加入一些冰糖。这些香料都要碎成粉连同肉和骨头一起在锅中熬足三天三夜才行。小姑娘，煮好的汤叫料水，用的时候用水兑，再加些盐和味精。这样烧出来的汤气香味浓，清亮澄澈。吃牛肉面主要就是喝这口汤啦。"

"果然兰州牛肉面的五大特点'一清、二白、三红、四绿、五黄'全呈现出来了，味道真美妙！"嘟嘟微微冒汗的脸颊上荡漾着无限的笑意。

"五大特色，是哪五样啊？"婆婆故意问道。

"这五大特色，就是汤色要清，萝卜片要白，辣椒油要红，香菜、青蒜或蒜苗要碧绿，面条则要柔滑透黄。"虽然生在南方的海滨小镇，但是嘟嘟特别喜欢和妈妈研究全国各地的美食。兰州拉面的特色她早就烂熟于心了。

"嗯，说得很好，小姑娘，我太喜欢你了！我一定要认你当干孙女！"满意地看着嘟嘟将最后一口汤喝光后，老婆婆突然说道。

"那好啊！那就可以天天吃到婆婆的拉面呢！"满头大汗的嘟嘟直点头。

"那就这样说定了，来，乖孙女，这个绣花香包送给你当见面礼了！一定要收下，不要拒绝老人家的心意哟！"

嘟嘟爽快地接过了这个精致的绣花香包："谢谢婆婆！"

会议室的大门终于打开了，少年魔术师就像走秀一般穿梭在"粉丝"的簇拥中。

"奎王子，您今天晚上会在哪里用餐呢？"何雅斯娇笑着冲在最前面，"我是一年级的新生何雅斯！也是新入选的《凤凰八爪鱼》记者，很荣幸能采访您！请问您今晚是吃法国菜，意大利餐，还是泰国宴？或者……"

骄傲的王子并未搭理这个美艳的女孩，甚至连看一眼的意思都没有，就径直走出了人群。

王子来到了巴比伦花园餐厅，人流也涌到了餐厅。

"真怪啊，今天的各位小姐都不知道饿了？"王子透过大墨镜环视四周，嘴角得意地上扬。

"看到奎王子，我们都忘记了吃饭。"

"是啊，虽然秀色可餐是说我们女孩子的，可是对奎王子，真的怎么看都看不够。一直看下去，也可以当饭吃哟！"

王子的眼里浮起一抹满足的笑意。可是很快，他就发现了一个敢冒天下之大不韪的女孩——

嘟嘟正瘫坐在餐台前，吃得满脸通红，很是惬意。

怎么回事？竟然有女孩子可以抗拒我的魅力，跑到这里吃得满嘴流油？

王子大步走了过去，霸道地双手按住嘟嘟的椅子扶手，超近距离地对着嘟嘟的脸："这位小姐，吃拉面这种平民食物，对您的身材没有好处哟！"

啊，哪里飞来的绿头苍蝇啊，真讨厌！

王子理了理头发，顺势摘下了大墨镜。

围观的少女们一阵惊呼。

好讨厌，他竟然长了张堪称完美的脸！就算是对他成见颇深的嘟嘟也不得不承认，这张脸的俊美程度，跟郁金香岛的忧郁王子不相上下。

这张好看又讨厌的脸上，带着致命魅惑的微笑，眉毛霸道地上扬，让人不可抗拒。夕阳余晖的角度又刚刚好，让他看起来，真的好像一个王子！

突然，一个大棒子敲在了奎王子的头上："臭小子，你敢侮辱面神的恩惠！说什么平民食物！我打死你！"

"你是哪里冒出来的老太婆，竟敢打我？"

奎王子周围的几个黑衣保镖立刻上前，准备出手制服这个暴躁的老太婆。

嘟嘟一看，不行，婆婆要吃亏了！

"不可以欺负我家婆婆！"嘟嘟拼命抱紧奎王子的腰。

还没有适应芳芳小姐这具纤弱的身体，嘟嘟总觉得以自己200斤的体重优势随时可以单挑两三个男生。

可能是嘟嘟的气势太猛，奎王子竟然真的被蔷薇少女抱得死死的，长手长脚的他挣扎了半天都没法挣脱。

这边呢，老婆婆可是一点亏都没有吃。因为那些走上前来的黑衣保镖，竟然都一个个跪到了地上，好像拜神一样围成了一圈。

"你个臭小子，奶奶的声音居然都听不出来了，该打！"

……

满餐厅追着打，老太太精力旺盛啊！

"奶奶您别打了，我求您了！好痛啊！我是您的亲孙子啊！您忍心吗？还有，您怎么突然出现在这里？您不是在摩洛哥度假吗？"

"你看你这个臭德行，花里胡哨的头发……我再多待几天，你就要变成绿头苍蝇嗡嗡嗡满学院乱窜了！这是一个学生的装扮吗？你这个坏小子被我的坏儿子宠坏了！听着，从今天起，由我这个老婆子来管教你！"

"奶奶，人家已经听清楚了，别拧我的耳朵啊！好痛！"

周围的同学愕然……石化……默默退下……

植安奎顶着满头的面粉，对这个狂暴的奶奶唯命是从！

"坏小子，你给我听好，从今天起，你所有的银行账号冻结，还有这些黑色的跟班打包送走，你就老老实实地在这里当一年级新生！"

"奶奶！不要啊！"

老太婆充满了女皇的霸气："我马上就通知学院董事，谁要是特殊对待我孙子，我就让谁立刻走人。坏小子，你给我听好了，我们植家需要的是平凡亲切的继承人，而不是纨绔子弟！开始你成为一个真正男人的历练吧！凡事要靠自己。"

"哇，奶奶才是最帅的！"嘟嘟不禁偷偷拍手叫好。

灰头土脸的植安奎站在拉面台前。

嘟嘟对他报以一个嘴角最上翘的微笑。

当天晚上加印的《凤凰八爪鱼》号外，到处都是"神秘校长扮拉面师傅训诫继承人"的文字和加了许多马赛克的照片。

校长奶奶以一役之功，迅速端正了凤凰学院的学风。

银丝拉面大作战

幽深的地下甬道，到底通向何方？

前面黑洞洞的，是出口还是漫无止境的曲折回旋？

嘟嘟感觉自己似乎来过这里。火把的微光照亮了古老的方砖。可是，自己来做什么呢？

突然，脚下的地板快速移动起来。一个漩涡似的深渊若隐若现……

"救命啊！救命！"

慌乱中，嘟嘟使劲儿拉住了一只大手。

"小姐，您终于醒了。自从上次您在海边溺水之后，就常做噩梦，真让人担忧。"

第二次看到管家近在咫尺的大鼻子，嘟嘟竟有了亲切感。

"海边溺水？"

"是的，您手里一直拽着一张画稿。小姐，请您以后不要再做那么危险的事了。那次溺水，桃府上下都很担心您。"

"画稿，什么画稿？"

"去帮小姐把画稿取来。"福特管家摇了摇手里的铃，对一个出现在门口的仆人说。

过了一会儿，画稿被送到了嘟嘟手上。因为被海水浸过，笔触已经不是很清晰了，可是仍然能够看出大致的轮廓。

"画稿上的人……不就是……"

"是的，小姐，画稿上的人就是您呀。可就是不知道是谁画的。"

"我想我知道。"嘟嘟看着画上楚楚动人的桃芳琪，喃喃自语道。

这幅画，应该是自己从郁金香岛带回来的吧。

原来，彩虹之穹的王子总是对着空气画的那个人，就是自己寄居的这具身体的主人。

嘟嘟突然有一种不好的预感。这个不好的预感与郁金香岛上的白衣少年的愿望有关。

忧郁的俊美王子，只有实现他的愿望，才能获得女巫赐予的这一切。可是，如果王子的愿望是……嘟嘟不敢再往下想。

这时，房间角落里的隐蔽式音箱里传出一个彬彬有礼的男声："福特管家，梅夫人来访！"

梅……梅夫人是谁啊？

嘟嘟暗暗想，梅……夫……人，听起来像是个胖子呢？

"梅……梅夫人是谁啊？"福特管家也被这突如其来的问题问得怔了一下，不过多年的管家经验让他立刻开始布置起重要的事情，"小姐，请立刻起床，到会客厅去见您的姑妈吧。"

晕头转向的嘟嘟又被一群女仆簇拥着梳妆打扮一番后，来到会客厅。

装修古朴的会客厅里，站着一位漂亮的女人。她的五官并没有出众之处，但是组合在一起就恰到好处，非常耐看。光洁的额头，白皙的肌肤，粉润的双唇，勾勒出一个贵夫人的面容。为了这次到访，梅夫人特地穿了一身深绿色的套装，显得庄重又不失亲切。

"芳芳，"她走上前来拥抱嘟嘟后说道，"一周后的'新生才艺秀'你准备得怎么样了？姑妈今天给你送了六套演出礼服过来，你试试看！"

"演出？姑妈，我表演什么呢？"

"我们家芳芳就是技多不压身，什么都会。这次你就秀一段芭蕾好了。"

"芭——芭——蕾？"嘟嘟怀疑自己的耳朵出了问题。

芭蕾啊，你认识我，可我不认识你啊！从小到大，全无艺术细胞，舞蹈表演我只参加过幼儿园的元旦节目，还是扮演拔萝卜里面那个大萝卜，一动不动地坐在地上，因为老师说我的脸比较像那个萝卜，又白又大，不用化装！天啊，芭蕾这种贵族小姐的必修课，我怎么可能会？春町镇上都找不出一个会踮着脚走上五分钟路的人！

"快穿上礼服试试，芳芳！"

"喔。"

女仆们为嘟嘟换好礼服。嘟嘟都不敢相信，镜子里那个轻盈优雅的公主就是自己。

悠扬的音乐传来，嘟嘟急得直冒冷汗。

"我需要做做热身，放松一下韧带！"

扩胸，马步，压腿，俯卧撑……能想到的动作都做了。天啊，这到底是芭蕾热身，还是给《三只熊》拍广告啊？

旁边的梅夫人一脸不解，芳芳的热身动作怎么这么奇怪啊？她清了清嗓子："芳芳，能开始了吗？"

"那个，我可以先上个洗手间吗？"嘟嘟红着脸请求道。

"好的。"

五分钟后——

"哎哟！"洗手间里传来嘟嘟的惨叫声。

福特管家第一个冲了过去："小姐的脚扭伤了，快来帮忙！"

看到一脸着急的福特管家，嘟嘟只好默默地在心里说：对不起！我不是故意的啦！不，我的确就是故意的啦。

梅夫人看着躺在沙发上的嘟嘟，叹气道："真是遗憾啊，原本要在才艺秀上大出风头的芭蕾只好取消了，唉。"

嘟嘟面做痛苦样，心里却暗自雀跃。

"左脚的扭伤看来暂时是恢复不了的，我们得想想办法。对了，不如我们换成钢琴演奏吧！反正我们家芳芳和国际钢琴大师交流切磋都不成问题。脚受伤了，手不受影响，同样可以大出风头，对吧？"

"是啊，夫人说的是。我家的小姐是完美无缺的。"

"啊！和国际钢琴大师交流切磋都不成问题？什么魔鬼小姐啊！"嘟嘟呆滞地郁闷着……要使身份不被揭穿，必须主动出击才行啊！

"那就这样决定了，芭蕾的礼服用不上了，我还要去准备钢琴演奏的新礼服。我先告辞了，芳芳好好休养。"

虽然躲过了一劫，但是可怕的"新生才艺秀"仍在步步逼近。

才开始崭新的人生，就要跌倒在新生才艺秀上……嘟嘟心里很不甘。

万幸的是，听说芳芳小姐所精通的击剑、礼仪、骑术，因为凤凰学院邀请了其他几名世家子弟表演，所以嘟嘟也算省了一大份儿心。

才艺秀前夜，桃府上下灯火通明，所有人都集中在琴房。

嘟嘟坐在钢琴前，手举在半空中，迟迟落不下去。

"各小组注意，各小组注意，小姐明天就要参加才艺秀了。今天晚上做一次练习，所有人都停下手里的事，到琴房来欣赏小姐完美的琴艺。"桃府各处的喇叭还在一遍又一遍说着这句让嘟嘟郁闷到死的话。

什么叫热锅上的蚂蚁？什么叫如坐针毡？什么叫度日如年？

说的就是此刻的嘟嘟。

怎么办？只会左右手各伸出一根食指来戳琴键、弹出最简陋的曲子的嘟嘟，怎么敢把手放到钢琴上！

众目睽睽之下，要自断双手经脉还是很有难度的。嘟嘟没法故伎重演，只好东瞅西瞅，看看有没有救命的稻草。

突然间，她看到了腰间挂着的校长奶奶送的小香包。

有了！

"福特管家，请给我准备面粉！"

坐在钢琴前的大小姐，用最严肃、最镇定的口气吩咐道。

表演日到了。

身着华服的嘟嘟，走上有华丽白色三角钢琴的舞台，脱下蕾丝手套，充满自信地大声说道："今天为大家呈现的是完全超出大家想象的手工银丝拉面表演！"说罢，她放下钢琴的面板，"礼仪小姐，请上道具——面粉和水。"

嘟嘟以超人的速度做出了完美的银丝拉面。拜老妈这个钟点工女皇所赐，嘟嘟在家政方面还是很有一手的。

看到一根根细如发丝的晶莹面条，台下立刻爆发出了一波高过一波的尖叫声，台上的学院领导团队和名誉董事们也起身鼓掌。

"真是太厉害了，梅夫人，您的侄女芳芳小姐不仅艺术才华出众，没想到家政方面也出类拔萃，一身好手艺，厉害啊！实在厉害！我佩服得五体投地！"

梅夫人连连点头致谢。

嘟嘟暗自雀跃，好在大家没有细究为什么这个大小姐会这种平民手艺。又过一关！

最高兴的当然是校长奶奶！看到新认的孙女儿竟然表演起了拉面绝活，奶奶激动得当场就要求吸氧。稳定了激动的情绪后，校长奶奶宣布道："刚刚芳芳小姐带给我们一个惊喜，接下来的新生代表是……"在少女们高分贝的尖叫声中，一个优雅温柔的男孩出现在了舞台之上。

飘逸的褐色头发，泛着淡淡的光泽，显得那么柔和；低垂的眼眸，流光溢彩、荧光冉冉，全身上下流露出一种让人觉得很舒服的气质。

这个男孩……就是那年到春町来的转校生林沐夏啊！嘟嘟怎么可能忘记他那柔软的眼神和温暖的微笑。但是竟然……他就是凤皇学院三大投资集团之一的林家的少爷！植、林、桃三家的继承人，原来分别就是植安奎、林沐夏和桃芳琪！虽然只和林沐夏同学处过半年，嘟嘟却对这个温柔的男孩子一直念念不忘。他对人亲切友好，也从来不讲排场，一点儿看不出来竟然是大财团的继承人。和那个叫什么植安奎的讨厌鬼真是有天壤之别！

那个夏天，期末考试成绩公布，男女并列第一的就是林沐夏和嘟嘟。嘟嘟的试卷却被何雅斯撕掉了，何雅斯还说："外貌丑陋的人，就算再努力也是丑陋的，结果永远不会改变，懂吗？"

这个时候，是林沐夏拾起了满地的试卷碎片，掏出自己的手帕，帮她擦干眼泪，对她说："嘟嘟，你考得不错哟。"

这个刻骨铭心的记忆，让嘟嘟的心在一阵疼痛和一阵幸福之间交替。

此刻，林沐夏正缓缓地走向她。温润亲切的男孩，眨了眨细长的眼睛，礼貌地对嘟嘟笑了笑："很厉害的绝活哟！"

嘟嘟立刻垂下头来，脸上有种火辣辣的感觉。

沐，你已经认不出我了吧？想到这里，我好心痛。我宁愿不是以贵小姐的身份出现在你面前。因为我知道，只有你，不会嫌弃胖胖的我、单亲家庭的我、每天骑脚踏车送海鱼的我。

林沐夏十分绅士地与"桃芳琪小姐"擦身而过，并没有察觉到第一次见面的"桃芳琪小姐"眼神中的复杂情绪。

在万众瞩目中，林沐夏呈现了堪称完美的糕点制作手艺，立刻赢得了所有少女的心。

那些之前还大声呼唤着"植安奎""植安奎"的小姐们，现在用同样的热忱整齐划一地喊起了"林沐夏""林沐夏"！同样是凤凰学院投资财团的继承人，看来两大王子在这里将有一场持久战了。

"这份给你。"

在气氛越来越热烈的才艺秀现场，林沐夏向女生们分发着新鲜出炉的糕点。当他把一块颤动着的晶莹剔透的草莓布丁递给嘟嘟时，两人的手指不小心碰到了一起。

这就是，温暖的感觉吧。

指尖传递的温度，让嘟嘟忘记了动作。她呆呆地站在原地，美丽的脸庞上却写着绝望。

在可爱的春町，我就一直这样呆呆地望着你，虽然那个时候我还只是个不起眼的大饼脸女孩。

现在，终于可以离你这么近。

为什么，心里却好酸楚……

沐，我能看到你那像鸽子般的灰色眼眸里的"我"，高贵又美丽的女孩子。你已经完全认不出我了吧？或许在你的记忆里根本没有以前那个哭泣的胖女孩了……

那个夏天就在心急如焚的等待中过去了。嘟嘟把沐的手帕洗干净，整个夏天，反反复复，每天都洗一遍。等到开学，她就要把这条手帕亲手还给沐，她要鼓起勇气感谢他。终于，夏天结束了。新学年开始了。可是一早就到达教室的嘟嘟却发现，沐的座位已经空了。他转学走了。心情低落到谷底的嘟嘟，只有把手帕当宝贝一样收藏着。

没过多久，何雅斯开始在班上传八卦："我有沐的消息了，原来他到法国去学甜点制作了。是我在法国的表姐发现的。这个圣诞我要去法国见他，你们有什么要转达的话，甚至是礼物，我都可以代劳哟！"这一次，嘟嘟鼓足勇气拜托何雅斯把手帕和一张亲手制作的圣诞卡片带给沐。

"你这个丑八怪对沐也有奢望？等下辈子吧！"何雅斯的话深深地刺痛了嘟嘟。

她亲手制作的圣诞卡片也被践踏上了无数污秽的脚印，化作碎片漫天飞舞……

那真是一个不堪回首的圣诞节啊。

不知不觉间，有泪从脸上划过。

"眼里进沙粒了吗？"林沐夏眼神温润，关切地看着嘟嘟。

沐，你知道吗，就是这样的眼神，让我觉得好心疼。

所以，在郁金香的岛屿看到那个苍白的王子时，我就被他的眼神打动了。

沐，你知道吗，你们好相似。但是，他是孤独冰冷的，你却是温暖的。

他一个人站在灿烂的郁金香田里，孤单地画着空气中的女孩。这一幕，多么像还在春町时的我。那年暑假，我也经常对着空气想象你的样子。

沐，我会努力实现彩虹之穹王子的愿望。你知道吗，只要实现了他的愿望，我的愿望也跟着成真了。

虽然，站在你面前的我，再也没法从你的瞳仁里找到那个哭泣的胖女孩了。

"新生才艺秀"过后，凤凰八卦登出"新时代贵公主刮起家政学习热潮！学院进一步开拓了崭新的课程安排，比如：拉面、饺子、包子、粽子选修课……"

不知道为什么，那个爱出风头的植安奎王子竟然没有出现在新生才艺秀的现场。身为魔术师的他，怎么可能错过这样一个绝佳的机会？也许是迫于校长奶奶的威力，在哪个豪华的别墅被关禁闭吧。

深夜，嘟嘟再次从噩梦中醒来。

不知道为什么，她总是梦见自己在一条昏暗的地下甬道里行走、寻找、迷失。到底为什么行走，寻找什么，她一点也不清楚。

月光透过缀满蕾丝的白色纱窗照进来。嘟嘟坐到了窗台上，看着澄黄月亮里的阴影，思绪万千。她的手里绞着那方一直没有送还的手帕，经过一整个夏天的反复洗涤，它已经破旧不堪了。可是，嘟嘟还是珍藏着它。

突然窗台下传来清脆的一声"喵"。

竟然是曾经出现在春町的那只黑猫！

它怎么找到这里来了？

嘟嘟赤着脚，悄悄地推开了房门，一路小跑，来到院子里。

黑猫坐在月光下的草地上，梳理着自己的爪子。诡秘的微光在它油亮的皮毛上闪烁不定。

嘟嘟看着这只黑猫，就是上次遇到了这只黑猫和那个讨厌的大魔王之后，自己就变成了"桃芳琪小姐"。

黑猫也瞪着金色的眸子看着嘟嘟。突然间，嘟嘟觉得这眼神似曾相识。在哪里见过这样的眼神呢？似乎，那是一个熟悉得不能再熟悉的人的眼神，嘟嘟却又怎么都想不起来。

突然，黑猫扑通一声，跳进了庭院里的一口井中。

"喂，笨蛋，会淹死的！"嘟嘟趴在井口，向下张望着。

井水泛着涟漪，月光被捣碎了。

等到井水恢复平静，月亮又重新出现在了井中。

嘟嘟探出半个身子，却在井水中看到了自己。

——那个胖胖的自己。

"你不要我了？"倒影问道。

"我……"嘟嘟答不上来。

"你不要我了。你还没有真正明白，肥胖、贫穷、美丽、富有……那些表象毫无意义。它们不是真正的你。去找到真正的你吧。等到那个时候，我再回来问你同样的问题。"

"我不明白，等一等！"嘟嘟对倒影喊道。

可是，水中的倒影晃了晃。好像一波波涟漪……在晃动中，倒影消失了。

纤细、柔美的女孩站在井边。脸上是纯洁的悲伤和一丝迷茫。那口井里，竟然没有了嘟嘟的倒影。

第4章
新来的女孩和消失的女孩

- 🐻 银色沙漏开始逆流：邂逅Ⅱ
- 🐻 我想和你做朋友
- 🐻 照片上消失的我

【出场人物】

蓝嘟嘟，琉，桃芳琪，
小糖，林沐夏，女巫

【特别道具】

银色沙漏

银色沙漏开始逆流：邂逅 Ⅱ

蓝色的星星沙，每一颗都是小小的五芒星形状，每一颗都晶莹剔透，蓝得好像秋天清晨的天空。

银色沙漏中的沙逐渐放缓了下落的速度。最后，它们开始逆流。从大地，向天空。

嘟嘟睁开眼，湛蓝宁静的海湾，白色无人的沙滩，开满郁金香的小岛。

王子还在吗？

正寻思着，有人轻拍了嘟嘟的肩头一下。

嘟嘟回头一看，俊美的脸孔，如大理石雕刻一般的眼眸和嘴唇，在金色阳光的照耀下，清晰无比。

"是你！"

白衣男孩仍然带着他的速写本和笔。他羞涩地微笑了一下，低下了头，写道：

你好 ^_^

嘟嘟诧异地望着他。

接着他又写道：

很抱歉，我耳朵听不见，只能这样和你交流了。(ㄟ __ ㄟ)

原来是这样，难怪上次大浪打过来他都不知道，还害得那些画都被卷走……一想到那些画，嘟嘟就有些难过起来。彩虹之穹王子触不到的恋人，却是自己在另一个世界所寄居的躯壳。他一定是因为她不在身边所以才这么不开心。要怎么帮他呢？

看到嘟嘟难过的样子，白衣男孩对她挤出一个微笑。不过在嘟嘟看来，那却是世界上最孤单、最悲伤的微笑。一个眼睛里噙着忧郁的人，笑容越灿烂，看起来就越让人心疼。

嘟嘟拿过速写本，快速地画出一个胖胖的漫画 Q 版小人，在一旁写道：

我叫嘟嘟，认识你，很高兴！ ~\ (≧▽≦) /~

白衣男孩看到嘟嘟画的小人，笑了，写道：

我叫琉，认识你，也很高兴。

你画得很好！ ↖ (^ω^) ↗

"噗！"嘟嘟笑起来。这还是第一次有人夸奖自己画得好，虽然有时她对自己的漫画技法也很自信，但是被彩虹之穹的王子夸奖，感觉却非常不同。嘟嘟以前的业余消遣除了吃好吃的、骑自行车，就只剩下看漫画书、涂鸦了。富人家的小孩有富人的玩法，穷人家的小孩有穷人的玩法。春町的小孩可都是看漫画书、随意涂鸦这样过来的！嘟嘟帮三叔的烤鱼店送海鱼的时候，还常常画一些店面招牌画。画些烤海鲕、烤红鲟、烤白鳗的漫画，标上价钱，贴在烤鱼店的墙上，颜色鲜艳活泼又可爱。这些小广告也帮嘟嘟赚到好多零花钱。

想到这些，嘟嘟的笑容变得灿烂起来。

一旁的琉，又递过来本子：

你笑起来，很亲切，很舒服的感觉！（*^__^*）

　　嘟嘟皱眉。是啊，一个胖女孩，别人的赞美也只有用"亲切""舒服"这些词了。

　　我请你喝下午茶吧！o（∩_∩）o

　　竟然……这是，王子的邀请吗？嘟嘟一下子欢腾起来，高兴得有些眩晕。虽然灵魂寄居到大小姐的身体之后，体会到了以前从来没有体会过的很多感受，但是，以自己的真实面目去面对别人而受到邀请，而且还是这样又高又帅的王子，不是非常非常难得吗？

　　美好的秋日时光，俊美羞涩的王子。啊！好像运气真的越来越好了！嘟嘟幸福地品着红茶，胖胖的两颊在暖暖的阳光下就像打上高光的苹果。

　　呃，不对劲！

　　嘟嘟警觉地发现，琉正在白色橡木小茶几的对面看着她。

　　看两眼，就低下头，过一会儿，再抬头看两眼。

　　"好哇！你在画我！"嘟嘟大嚷。

　　琉又向她报以微笑。

　　"不行啦！"

　　琉沉默地笑着，固执地继续画。

　　"不然我也画你！"

　　嘟嘟抢过一张纸，拿起笔，也开始画起来。

　　不就是画帅哥吗，这个嘟嘟最在行了。不过这次，她突然有点小紧张。以前从来没有画过一个真正的人。就算是沐，她也只是远远地偷看，从来没有像这样，只隔了一张小茶几的距离。

　　即使是坐着，琉也比嘟嘟高出大半个头。棕色的发丝柔顺地贴着他的前额，因为要观察嘟嘟，琉不时轻轻地甩一下头。那些发丝就微微跑开。不一会儿，又落下来，挡住他的眼睛。他就再轻轻地甩一下头。就是这么简单的一个动作，却足以让很多女孩子心动了。

琉那种清澈而单纯的眼神，让被注视的女孩子不会有任何不舒服的感觉。反而，因为看到他那沉默的嘴唇，更加觉得这样的男孩子有很值得信任的感觉。嘟嘟最讨厌的就是凤凰学院里那个整天耀武扬威、说话又很霸道的家伙。

因为琉的皮肤很白，鼻子直挺，所以感觉真的是在描摹雕塑。只是，世界上还没有雕塑家可以塑造出那种忧郁、孤单却又友好、单纯的眼神吧。

嘟嘟一边画，一边在心里纠结地碎碎念："这个时候，自己怎么说也是被帅哥速写的对象，怎么可以……"

好了，接下来是画手了。琉的手比脸部的皮肤还要白。简直可以用苍白来形容。阳光照在他手上，那苍白的皮肤就反射出一点点温润的光。随着琉的手在速写本上来来回回，手上的光影也有了变化，仿佛阳光就是一束追光，专门追逐他的手一样。修长的指节看起来好顺眼。王子就是王子，完美！

"太完美了！"嘟嘟借这个机会，好好地把琉从头到脚打量了一遍。有着完美的外表，却同时又有个还没有实现的愿望。世界上总是无法有真正完美的人和事物吗？

"只要实现了他的愿望，他就会真的完美。"想到这里，嘟嘟更加心疼起来，坚定了要帮琉实现愿望的决心。"我画好了！"

琉也点了一下头。

画得真好看，是自己吗？虽然松松的胖胖的，不过嘴角的笑容很纯真，充满了少女的甜香，这是我吗？原来在性情美好的人眼里，没有什么是不美的呀！

"你画得真好，我的……那个，嗯……"嘟嘟突然不好意思展示自己的作品，因为她也就是个业余涂鸦选手，还只用到了一成的功力，这个效果嘛……可想而知。

琉俯身向前，趁嘟嘟还没明白过来是怎么回事，长长的手臂已经伸了过来，忽地从嘟嘟手中夺过画板，看到后，大笑了起来！

他在旁边写上：

我的鼻孔有这么大吗？简直就是只猩猩，笑死！O(∩_∩)O

"都说了，画得不好，但是你怎么嘲笑人家呀！"

琉看着嘟嘟的样子，继续开心地大笑。

"还给我啦！"嘟嘟伸手去抢。

琉单手举起嘟嘟的大作，得意地俯视着她，神情像个恶作剧成功的小孩。脸上写满了"有本事自己来拿啊！"的表情。

他个子似乎太高了，手也太长了，嘟嘟根本不是他的对手。虽然嘟嘟已经对琉产生了很信任的感觉，可以完全不顾自己的丑态去抢夺画板，但却还是拿这个高高的王子没有办法。任嘟嘟蹦来蹦去像个大皮球，还是抢不回那张画！

琉看着眼前的女孩，秋日的阳光好像很偏爱她呢。乌黑的头发，浓密的睫毛，红扑扑的脸颊，连脸上的白色绒毛都清晰可见！她的身材也蛮可爱的嘛，圆圆的，好像韧性十足的鱼丸……

嘟嘟不知道他到底在看什么，越发紧张，蹦得更高，一定要把画抢回来。

两个人又闹又笑，看起来就好像是一个围着茶几旋转的陀螺在追一根手杖。

突然琉剧烈地咳嗽起来，仿佛喘不过气来……他是怎么了，刚才还好好的啊！

嘟嘟吓坏了，赶紧扶着琉。可是，这个郁金香岛上似乎除了琉和嘟嘟，就再也没有别人可以帮忙。

琉好像越来越支撑不住，慢慢地滑了下去。

"琉，你怎么了？不要吓我啊！"嘟嘟抱着琉的肩膀，因为个子太矮，已经无法阻止琉的身体跌滑到地板上。

又一阵剧烈的咳嗽之后，琉陷入了昏迷。

嘟嘟只好将他的长腿平放在地板上，然后把他的头放到自己的肚子上。

"来，就当是枕头吧！"

昏迷中的琉一直在说着什么。可是，嘟嘟却没有听到任何声音。嘟嘟埋着头，看着怀里的他。她觉得琉的嘴形，一直在重复着一个字：fang。

是……芳芳小姐吗？

听不到也说不出的王子，触不到却不能忘记的恋人。嘟嘟的心里一阵难过。那年夏天的自己，不也是这样吗？直到沐离开，自己不也是听不到也说不出吗？

而沐这个触不到却不能忘记的恋人，已经埋葬在春町的那场漫长的单恋之中了。

地板上明明坐着两个人，却并没有赶走孤单，而是把孤单变成了双份。

琉的愿望，就是找到芳芳小姐吧？

那么……如果实现了琉的愿望，自己又将何去何从呢？

琉的呼吸渐渐恢复了平静。望着他苍白又完美的脸，嘟嘟突然明白了，原来所有的完美背后都藏着让人心痛的不完美。

看着看着琉的睡脸，嘟嘟也睡着了。

不久，他们将会在不同的时空醒来。

我想和你做朋友

凤凰翎毛形状的岛屿上，每一支伸向海洋的岬角都承担着各自的功能。最西端的岬角就是凤凰学院的体育部。

海浪拍打着褐色的礁石，西端是凤凰岛地势最高处。在这个制高点上，名叫"梦境"的白色球状场馆沐浴着海风和阳光。从空中看去，就好像一枚等待击出的高尔夫球。

"梦境"的确是一座充满梦幻的场馆，就如同它的名字一样。可以说，"梦境"也是顶级的建筑师、设计师、园艺师和软件设计师的一个美梦。因为得到凤凰学院背后财团的支持，这个美梦终于成真了。

场馆内，豪华的运动设备自不必说，单是精心运用的植物就非常值得称道。走进"梦境"，就好像走进了诺亚方舟，各种名贵的植物四季常青，让每一个在这里运动的人都能够得到最天然的氧离子。"梦境"除了"超级氧吧"的功能之外，全天候的旋转功能更是让人不可思议。

"梦境"的外壳分为两层：内层是弧形的球状玻璃表面；外层则是由

碳纤维和钛合金打造出的坚硬构造和轻量结构的完美结合。这层白色的外壳会根据一天中太阳方位的变化而自动调整，调整的时候发出的声音，甚至不比春町镇一台洗衣机发出的声音大。这样，在"梦境"做运动的师生，总是能和阳光抱个满怀。喜欢日光浴的少爷小姐们，只要不是晚上到此，随时都可以享受到 360 度的阳光。

虽然阳光是这么慷慨，但有的人却似乎并不愿意与人分享。

"你这副模样也可以混进我们学院？"

"听说是今年新生里的那个幸运儿，校长奶奶特免了学费的。"

"难怪，臭虫就这样爬了进来！很讨厌啊！"

"是啊，一年一个。我们已经把之前几个年级的草根臭虫铲除了。没想到今年又爬进来一只！"

"我们没有逼他们走吧？臭虫也很有自觉性的，自己爬回原来的地方去了。"

"你们看她穿的这叫什么体育服啊？真是笑死人了，啊哈哈哈！"

"这……这衣服，好厉害啊！"

"大家快看，连牌子都没有！"

"原来你的衣服都是在巴黎皇后区找设计师定做的？来，把设计师的签名找给我们看看嘛！"

"哈哈哈！""嚯嚯嚯！"

在大家的耻笑声中，那个瘦小的身影剧烈地颤动着。

"哭起来就更难看了啊！完全是只讨厌的老鼠……"

还有人走上前去，真的要翻出设计师签名似的，把外套从瘦女孩身上扯了下来，扔在地上。

光洁的地板，映照出一张哭得很难看的脸。

不远处，被扔掉的外套静静躺了一会儿后被人拾了起来。

"不好意思，芳芳小姐，我不是故意的，您原谅我吧！"刚才扔外套的女孩立刻跑过去，跪倒在嘟嘟的脚下。

嘟嘟没有理她，优雅地径直走向哭泣的女孩，把外套递到女孩面前："给你！我是桃芳琪，希望大家可以好好相处！"

顿时所有的少男少女都惊讶得鸦雀无声。

嘟嘟站起来，走出了"梦境"。她一边走一边无奈地摇了摇头："这些贵族呀！"

午餐时间，巴比伦花园餐厅。

"谢谢您，芳芳小姐。"

"不用这么客气，大家都是同学。你……就是今年新生里面的那个幸运儿吗？"

"是……但其实……我进来之后才知道，被挑选成为免费生，一点儿都不幸运。"

嘟嘟想起和自己失之交臂的免费生名额，和接踵而至的一连串悲惨事件，不解地问："为什么啊？你应该觉得很幸运才对呀？"

"这里并不属于我。就连阳光这种在我们小镇上稀松平常的东西，在凤皇学院也是要按等级来分配的。"

"今天的事你不要放在心上啦……"

话虽这样讲，嘟嘟却觉得有点心虚。当时自己那么盼望免费生名额，但说不定等它真的落到自己头上之后，她会变得跟今天坐在对面的女孩一样惨。

凤皇学院是凤凰成群的地方，草鸡在这里很难活下去。

对于面前这个女孩，嘟嘟有一种非常亲切的感觉。

除了她很瘦，自己很胖之外，她简直就是自己的翻版。如果当初得到免费生名额的是嘟嘟，那现在嘟嘟不知道被欺负成什么样呢。可是现在，嘟嘟以桃芳琪小姐的身份进入凤皇学院，就可以充当瘦女孩的保护伞。

嘟嘟不禁想："老天爷，你不把那个名额给我，是很明智的！"

看到芳芳小姐居然和一个混进学院来的"老鼠"有说不完的话，周围的同学都很诧异。

接下来，嘟嘟了解到面前的女孩名叫小糖。小糖的遭遇和嘟嘟真的好像。小糖的爸妈也不在身边，不过她有一个爷爷。虽然生活很拮据，但是跟爷爷相亲相爱的生活也蛮不错。爷爷有一架板车，帮附近几个小岛上的人家送货。小糖从小就很懂事，也常常帮爷爷送货。这些小细节，让嘟嘟看到了自己的影子。最后小糖讲到她是如何勤奋努力考上凤凰学院，如何期待着自己成为幸运儿，如何希望通过努力换来草鸡变凤凰的奇迹……可是当一切成真时，却发现现实更加残酷。

"只要坚持下去，就一定会实现自己的梦想！"嘟嘟安慰小糖。

"对，我希望将来找到一个好工作，至少要让爷爷能够每天都喝上他爱喝的米酒，还要搬到一个不会台风一来就散架的好房子里去。不过，芳芳小姐，像我这种人，这种长相，这种身份，即使学业再努力，成绩再优秀，在凤凰学院这种地方，依然那样格格不入，处处都是别人鄙视的冷漠目光。"

"我知道，"嘟嘟握住小糖的手说，"我真的知道。但是，一定要坚持！坚持下去的人，就会实现梦想。我会尽力保护你，不让那些自以为是的少爷和小姐欺负你！"

"芳芳小姐……"小糖的眼里有了泪水，瘦弱的脸上是一抹发自内心的笑意，"久违了的温暖感觉，谢谢你……"

突然，餐厅里响起一阵少女的尖叫，是从甜品区那边传出来的。嘟嘟和小糖循声望去，林沐夏在贩卖自己做的甜品。

自从"新生才艺秀"以后，校长奶奶特许林沐夏可以管理巴比伦花园餐厅的甜品区。于是每周二，这里便成了少女们追捧的热力场所。

"小糖，一起过去尝尝甜点怎么样？"嘟嘟露出一个甜美的微笑。

"我？合适吗？您去吧，芳芳小姐。我在这里等着您。"

"走啦！不去会后悔哟！"嘟嘟站起来，一把抓住小糖的手，拉着她走向甜品区。

一个草根少女的心思，谁能比蓝嘟嘟更清楚呢？

簇拥在甜点吧台旁的少女们，看到芳芳小姐拉着小糖的手走过来，立刻诧异地分开让路，都不作声了。

在这条仿佛是夹道欢迎，其实充满了奇怪目光的路的尽头，是正在现场演示的林沐夏。

再没有比沐认真工作的面孔更能吸引人的面孔了。他那埋着头专注的样子，好像全世界都可以消失，只剩下他和手里的甜点。

细细的汗珠挂在沐的鼻尖，而他却浑然不觉。他俯视手里的甜点的眼神，温柔又专一。

那年夏天的期终考试后，被何雅斯欺负的嘟嘟正蹲在地上哭泣。林沐夏拾起了满地的试卷碎片，掏出自己的手帕，帮嘟嘟擦干眼泪，对她说："嘟嘟，你考得不错哟。"

嘟嘟的脑海里又出现了这一幕。

那个时候，她能从沐的瞳仁里清楚地看见自己。哭泣的胖女孩的脸，占据了沐的整个瞳仁。脸大的女孩一点都不吃亏嘛！那一刻，嘟嘟清楚地看到，沐的眼睛里只有自己！

沐，真的是个很温柔的人啊。

"沐可是从法国学习了正宗的甜点制作回来的哦！"一个比甜点还腻的声音打断了嘟嘟的回忆。抬起头，真是冤家路窄，何雅斯正走到吧台前，对沐的粉丝们介绍着。因为初中曾经跟沐同校，她比别人都有优越感。

"沐，展示一下你在法国学到的火焰甜酒薄饼好不好？"何雅斯撒娇道。

真是的，暴发户的女儿，就知道在这里装贵族。不过，火焰甜酒薄饼是什么？听起来很好吃的样子……

沐的工作被何雅斯打断，他抬起头来，礼貌地笑了一下："火焰甜酒薄饼现在已经不是法国甜点的精髓了。对于真正的法国人来说，这款甜点稍微有一点过时。"

何雅斯无比尴尬。

"既然小姐们想吃正宗的法国甜点，那我就为大家做一些 Tarte，Mille Feuilles 和 Patechoux 吧。"（注：法式甜点名）

塔——塔什么？还有什么丘可思？到底是什么啊？不过，既然是沐做的东西，一定都很好吃吧！

很快，沐亲手做的甜点就新鲜出炉了。原来就是塔、千层派、泡芙这几样东西。大小姐们惊呼着，纷纷上前抢走了那些美食。空气中弥漫着浓浓的法式甜点的味道。

"两位还没有尝到今天的甜点吗？"发现站在人群外的"桃芳琪小姐"和小糖，沐主动从吧台后走了出来。

"那个……"嘟嘟鼓起勇气说，"那个火焰甜酒薄饼，虽然在法国过时了，但是我很想见识一下沐的手艺哟！"

什么嘛，明明是自己幻想了半天火焰甜酒薄饼的样子，又错过了去抢塔、千层派和泡芙。

沐露出一个大男孩的乖乖笑容，很绅士地说："没问题。二位请稍等。"

在其他女生，尤其是何雅斯妒忌的目光中，嘟嘟对身边的小糖做了一个胜利的手势。小糖的脸早已经红透了，根本一个字都说不出来。

沐准备好了食材，便一跃坐上了吧台。在女孩子们崇拜的注视中，娴熟地用刀将一枚青绿的苹果以环形方式削下备用。那流畅的手势赢得了阵阵掌声。接着又是一串花式动作，把砂糖和奶油放入平底锅煎热。融化在一起的砂糖和奶油冒着热气，发出馥郁的浓香。沐依次倒入苹果汁、搅匀食材、对折薄饼……行云流水的操作引发了少女们一波高过一波的尖叫！

"Grand Marnier（注：白兰地柑橘酒），OK？"沐抬起头，望向嘟嘟。

虽然没有听懂沐在说什么，但是嘟嘟立刻傻乎乎地点头说："好！"

只见沐掏出一盒火柴，优雅地划燃，将燃烧着的火柴梗衔在嘴里。人群里爆发出一阵惊呼，这个动作太炫了。接着，不做任何停留，沐空出的两只手又忙碌起来——伸出左手，在酒架上拿起一瓶白兰地柑橘酒，又用右手拿起叉子将螺旋苹果皮由顶端叉起，举到平底锅上方。左手轻轻一抖，清亮的酒沿着叉顶顺着苹果皮慢慢淋下。沐伸长白皙的脖子，微微侧过脸，靠近苹果皮，用嘴里衔着的火柴点燃了它。

蓝色火焰在螺旋形的苹果皮上一寸寸延伸开来。空气中有酒香与奶油气息在蔓延。

沐手中燃烧的苹果皮，引发了此起彼落的惊叹声。

他丝毫没有受周围人群的影响，单手将白兰地酒瓶耍出一个轮转，放回酒架，又把薄饼取出，分成两份，放入两个精致的骨瓷盘子里。最后配上香草冰激凌和玲珑的小匙，沐端着盘子走到两个女孩跟前。

"希望你们能喜欢哟！"

开朗阳光的微笑，配上这样精彩绝伦的甜点功夫，真的是让人不当场融化掉都不行啊！

难怪"新生才艺秀"之后沐的人气急剧上升，已经被称作凤凰学院的"甜点王子"，大有和那个霸道的魔术师"奎王子"比拼之势。

而且沐的粉丝团自称"木瓜"，植的粉丝团自称"葵花"，哈哈哈，女孩子们当然喜欢木瓜多一点嘛！

吃着沐亲手做的火焰甜酒薄饼，嘟嘟觉得此时此刻自己就是世界上最幸福的人。她哪里顾得上去看自己身边的小糖——小糖的脸比刚才更红，可能这一幕对她的刺激太大了吧。

从一个处处被欺负的穷学生，到甜点王子亲手奉上美味的甜点——换作任何一个少女，都会很受不了吧！

这时，叮叮咚咚，凌乱的脚步声响起。

"小糖，原来你在这里！"

是生活老师。

"全校唯一没有手机的学生，凤凰学院这么大，找你好辛苦！"生活老师气喘吁吁地说，"你爷爷出事了！"

还沉浸在刚才那突如其来的幸福中的小糖，一下子蒙了。

"不要，不要，我爷爷，怎么了，老师，你告诉我啊……呜呜……爷爷他，怎么会……"

"小糖，别怕，我陪你去。"嘟嘟扶住了瘦弱的女孩的肩。

在医院门口，两个女孩却意外地碰到了福特管家。

原来小糖的爷爷就是给桃府送豆腐的人。今天，他照例来送豆腐，桃府厨房的赵婶出于好心给他了一瓶酒。谁知，小糖的爷爷酒瘾太大，立刻就把酒一饮而尽，结果还没走出桃府就自己绊了一跤，跌进了院子里的一口枯井。幸好被路过的女仆发现，及时救了出来。

小糖看到躺在病床上昏迷不醒的爷爷，一个劲儿地哭。

嘟嘟来到走廊，福特管家向她述说发生的事。

"幸好是枯井，如果是有水的那口井，后果真不敢想……"嘟嘟拍了拍心口。

"小姐，桃府的每一口井都是枯的。自从引进了自动净化装置后，整个宅子的用水都统一净化。井都是老一辈人才用过的。"

"什么？枯井？"嘟嘟吃惊地问。

怎么可能？那天夜里，从春町镇跑来的黑猫不是跳进了一口井吗？而且，嘟嘟清楚地记得，她往井里看时，看到了井水中有月亮和自己的倒影……

一种诡异的感觉爬上她的心头。

这个游戏，一开始看起来很简单。可是，自己寄居到这副身体后就开始不停地做噩梦，琉在昏迷中喊着好像是"芳芳"的名字，春町镇的黑猫出现在这里又消失了，出现过自己倒影的井里竟然没有水……

游戏背后好像藏着什么秘密。但是嘟嘟一时想不出来这些悬疑之间的联系。

还是解决眼前的事要紧。她问福特管家："小糖好可怜，我们能不能帮帮她？"

"小姐，请您放心，桃府会解决小糖爷爷的住院费用。"

"可是你看，小糖哭得好伤心……福特管家……我知道你最好了……心肠又软……心肠软的男人最有魅力了。"

"小姐，那个……我回去准备慰问金的事，告辞。"

"好的好的，您快回去吧！"嘟嘟满意地笑道，突然又想起来什么，说，"对了，今天晚上小糖可以住我家吗？"

"当然，小姐，这是您的家！您决定一切！"

目送福特管家离开，嘟嘟推开病房的白色房门，走了进去。

这个时候，小糖爷爷正在说着胡话。

突然，小糖爷爷睁开眼睛，问正在一旁哭得泪眼婆娑的小糖："那个吊瓶里的，是米酒还是白酒啊？"

"爷爷！"小糖喜极而泣，又突然生气起来，"爷爷，你是不是不想要小糖了？"

"哪有？"

"你再这样喝下去，就是想抛弃小糖自己走！"

"哎呀呀，乖孙女，爷爷舍不得，爷爷还想再活几十年，看着我们小糖嫁人、生孩子，孩子的孩子嫁人、生孩子呢……"

"爷爷，您就是在医院里都不老实！"小糖虽然一脸很生气的模样，可是语气里却充满了关爱。

看到这一幕，嘟嘟觉得心里暖暖的。

照片上消失的我

躲在一旁一边吃着欧洲小樱桃，一边偷看小糖被四个女仆围在中间换睡衣的样子，嘟嘟不禁哈哈大笑起来。小糖脸上那副表情，不就是开学那天自己的表情吗？

夜晚，两个女孩子躺在柔软的公主床上。

"芳芳小姐，这是天堂吗？还是一个甜蜜的梦？要不是想到爷爷，我都不愿意醒过来了。您真的是一个又美丽又善良的贵小姐，竟然愿意和我这种丑八怪交朋友，我觉得好幸福，好满足啊！我怎么交到了这种好运！谢谢您，老天爷！"

"小糖，你不是丑八怪，不要这样说自己，你看！"

嘟嘟从床上跳起来，拉着小糖的手，跳到了地上。她推着小糖来到一面镜子前。

镜子里，一个拥有粉嫩肌肤的乖巧可爱的小公主正惊诧地瞪大了双眼。

"这是谁啊？"

"是你啊，小糖。其实要变漂亮很容易，看，遮瑕膏、假睫毛、唇彩、腮红……你现在就很漂亮哟！"

"谢谢您，芳芳小姐！"小糖竟然激动得大哭了起来。

嘟嘟一时不知所措起来，受到小糖哭声的感染，两个女孩紧紧地拥抱在了一起。

"其实，小糖，"嘟嘟说，"外表的漂亮不是最重要的，重要的是这里。"

她的手按在了自己的心口。小糖望着她，用力地点了点头。

屋外下起了倾盆大雨。喵——窗外又传来了奇怪的猫叫声。

自从春町的那只黑猫跳到井里之后，嘟嘟一直觉得很不安。它还活着吗？福特管家说桃府的井都是枯井，可是为什么那天明明看到井里有水呢？

喵——

"这么大的雨，不管是谁家的猫，独自在外面都很危险啊！"嘟嘟想到这里，赤着脚跑出了房门。

雨可真大啊，整个桃府氤氲在一团水汽里。

雪亮的闪电之后伴随着轰鸣的雷声，嘟嘟的视线完全模糊在了漆黑的雨夜。

找了好久都没有找到那只猫。浑身湿透的嘟嘟只好回到了房间。

在粉红色的公主床上，小糖已经睡着了。白皙的脸，均匀甜蜜的呼吸，其实小糖一点都不丑。不过，呃……那是什么……小糖的头发，好像一团烂水藻一样……

嘟嘟走近一看——突然划过的闪电照亮了整个房间，小糖烂水藻一样的黑色头发上，逐渐出现了两条金黄的细缝。细缝越来越大，最后，变成了两只锐利的眼睛。

"妈呀！"嘟嘟吓得大叫起来。

小糖也惊醒了，翻身坐起来，看到吓得花容失色的"芳芳小姐"。

"小糖……小糖……有……有鬼……"嘟嘟语无伦次地指着小糖。

小糖睡眼惺忪地看着她，完全不明白发生了什么事。

"呃……你的头发，"嘟嘟慢慢镇定下来，凑近小糖，"怎么回事？你的头发又正常了耶！"

"我的头发怎么了，芳芳小姐？"看到嘟嘟的表情，小糖反而觉得她才像鬼，不由自主后退了一步。

"刚才，明明我看到……"嘟嘟说着，一面望向枕头，突然又惊叫起来。

小糖被她一吓，也跟着从床沿上跳了起来。两个女孩在轰鸣的雷声中抱在一起，声嘶力竭地尖叫着。闪电撕裂黛蓝的夜空，照在她们的脸上，惊恐的表情被定格，而尖叫声却拖着长长的尾音盘旋在房间里。在雷声的间隙，她们终于停止了尖叫。最后，两人不得不扭过脸，去看枕头上的那团东西。

黑色的烂水藻微微抖动了两下。圆睁的两只金色眼睛好像鬼魅。

喵——

"是你！"嘟嘟一下子松了口气，跑上前，抱起黑猫。

"我就知道你会没事的！你看你，雷雨天都到处跑，淋成落汤鸡了吧，我都认不出你来了。"嘟嘟找来毛巾，给黑猫擦着身上的水。

"芳芳小姐，您认识这只黑猫？"

"嗯。这次我不能再把它搞丢了。小糖，你能不能帮我一个忙？"

"您说吧。"

"要是福特管家知道了，一定会把这只黑猫丢掉的。所以，能不能拜托你帮我养着这只猫？"

"好啊，正好爷爷出院以后也蛮孤单的，就让它去陪我爷爷吧！"

"小糖，太谢谢你了！"

"芳芳小姐，您对我这么好。这点小事算什么。"

雨渐渐小了。

世界又回归安静。

两个女孩子重新躺回梦幻般的公主大床上。黑猫找了一个中间的位置，蜷成一团，呼呼大睡起来。

"喂，毛球，过去一点啦！"嘟嘟用屁股推了推黑猫，"这又不是你家，凭什么你睡中间？"

"哈哈哈，芳芳小姐，它的样子好可爱！它都睡着了，您就忍让一下吧！"

两个女孩子说说笑笑，也渐渐进入了梦乡。

在梦里，嘟嘟坐在一张足足有十二米长的餐桌前。桌子从头到尾堆满了好吃的。看着这些诱人的美食，嘟嘟禁不住又开始口水直流。

喵呜——黑猫跳上了桌子，嘴里衔着一幅画。这不是从琉的速写本上撕下来的吗？嘟嘟抢过画，还没来得及看，一旁的小糖说："哈哈哈，芳芳小姐您看，这上面是个胖女孩！哈哈哈！"

小糖的话音一落，满桌丰盛的食物都不见了。桌上只剩下桌布、烛台、银质餐具。

"哈哈哈，芳芳小姐您看，这上面是个胖女孩！哈哈哈！"小糖又继续说。

她每说一次，就有一种东西消失。

最后，在小糖的笑声里，桌布不见了，烛台不见了，银质餐具也都统统不见了。

"哈哈哈，芳芳小姐您看，这上面是个胖女孩！哈哈哈！"

桌子，十二米长的桌子，也不见了。

"哈哈哈，芳芳小姐您看，这上面是个胖女孩！哈哈哈！"

尾音还盘旋在耳朵里，小糖却已经不见了。

在梦里，小糖被桃府的女仆们梳妆打扮一番，成了一个可爱的小公主。她开心地和一个王子翩翩起舞，小糖抬头一看，立刻变得羞涩难当。和自己共舞的王子，竟然是林沐夏！

沐对着小糖浅浅一笑。优雅而温柔的笑容，不正是凤凰学院里甜点王子的招牌表情吗？

小糖听见自己的心跳声……怦怦的，越来越大声……最后，心跳声盖过了舞曲。小糖既羞涩又害怕，越发不敢抬头看他。

突然，一帮漂亮的少男少女围了过来，其中一个高个子女孩，愤怒地冲着小糖叫道："哟，你穿的这叫什么啊？是萝莉装吗？"

"这……这衣服，好华丽啊，还有可爱的蕾丝花边！"

"这种贵重的衣物，穿在你这种平民的身上，你不觉得很沉重吗？听说是芳芳小姐送给你的吧？"

"你觉得自己有资格成为芳芳那种贵族小姐的朋友吗？她只不过是一时兴起，把你当成一个宠物罢了！"

"是啊，一点自知之明都没有。等芳芳小姐玩腻了你这个宠物，就会把你丢弃到垃圾箱里去！不过，你不正是从那样的地方爬出来的一只臭虫吗？哈哈哈！"

"呜呜呜呜……"

"哭起来，妆花掉了，露出凹凸不平的脸，就更难看了啊！臭虫就是臭虫，就算有蝴蝶的翅膀装扮，充其量也是只菜粉蝶……"

"你不是一个真正的公主！真正的公主不仅拥有超人的美貌，同时也拥有超出常人想象的与之匹配的身价。你只是一个想变成公主的小丑。"王子丢掉了小糖的手，冷漠地对她说道。

看着那张充满鄙夷的脸，小糖觉得心都要碎了，越发伤心起来："不是这样的，不是这样的！"

"小糖，你怎么啦？做噩梦了吗？"

"我……没有……没什么……我只是太担心爷爷了。"

窗外，雨后的夜空像一块纯净的宝石，蓝得发黑，却又透着闪烁的光亮。

两个女孩背靠着背，怀着各自的心事，重新进入了梦乡。

周三的巴比伦花园餐厅里，嘟嘟和小糖竟然又一次遇到了林沐夏。

只在周二出现的甜点王子，竟然在别的时间也能碰到，真的是需要很好的运气哟！

"两位小姐，尝尝我今天试做的天使浆果蛋糕好吗？"

沐绅士地递上两只漂亮的盘子，盘子里满是紫色浆果的蛋糕。

两个女孩的脸同时红了！

不会吧，不仅在周三能够碰到沐，还可以吃到沐亲手制作的甜点！天哪，天哪，上辈子得栽多少棵树才能有今天的福气啊！

"你的名字是小糖吧，这块芦荟凝糕对你的皮肤有缓和调节的作用，可以多试试。还有饮食方面，多吃清淡一点的食物也很重要。"林沐夏简单的一句关心，让小糖幸福得快要窒息了。

"两位小姐，由于'梦境'的温室游泳池检修，今天下午的体育课会取消而提前放学。不知道你们有时间光临我家吗？我母亲刚从法国回来，希望请同学去家里聚会！"看着林沐夏不含任何杂质的纯真眼神，两个女孩找不到任何拒绝的理由。

林沐夏的家在一座独立的小岛上。

桃府用直升机将两个女孩送到了林府。

白色的房子坐落在岛心。希腊风格的廊柱和庭院让嘟嘟和小糖惊叹不已。

沐的母亲是一位非常和蔼的夫人。她穿着家常的丝质长裙，热情地拿出沐的照片给两个女孩看："我特别喜欢女儿，却一连生了三个儿子。沐是最小的一个，当我知道他是儿子时，好失望。"

正在欧式餐台后面为大家准备饮料的沐笑道："妈，不会吧？生我你很失望啊？"

"当时很失望啦，我想要女儿嘛。"林夫人冲儿子一乐。

大家一起笑了起来。小糖的手有些不知所措地一会儿放到腿上，一会儿放到沙发上。

林夫人注意到小糖的不安，站起来说："对了，沐小时候特别白净乖巧，比女孩子还像女孩子，我就把他当成女孩子来打扮了。稍等，我去拿照片！"

"真的吗？沐小时候打扮得像女孩子？哈哈哈！"嘟嘟大笑。

"妈，不要啊！"沐跟在林夫人身后绝望地喊道。

很快，嘟嘟和小糖就见到了甜点王子小时候的私密相册。

她们的头凑在一起，一张张翻看这些照片，一边看，一边不停发出"啊！""哇！""怎么会！"的声音。可想而知，这本相册如果落到《凤凰八爪鱼》的狗仔手里，会多么劲爆！

童年时的沐，留着妹妹头，穿着蕾丝公主裙，还穿着小白靴子，打着花边小洋伞……嘟嘟和小糖笑得晕死过去……最后，嘟嘟看到了以前同学时班级的春游集体照。

这曾经是嘟嘟最宝贵的一张照片，因为那是她和林沐夏唯一的一张合影——虽然她和沐之间隔着小胖、二猫、猪仔、炮鱼等不多不少一共十七位同学。后来，属于嘟嘟的那张照片被何雅斯撕毁了，但是照片上的样子，她已深深地记在脑海里。当时的林沐夏穿着浅蓝色的衬衫，套着一件米白色的毛衣。那样子真好看呀！而嘟嘟自己却穿着极不合身的老爸的灰外套。

嘟嘟的视线久久地停留在这张珍贵的照片上。

穿着浅蓝色衬衫和米白色毛衣的沐，表情有一点呆呆的，好像在走神，不过实在是很可爱。

嘟嘟的视线移动着，略过小胖、二猫、猪仔、炮鱼……数来数去，全班同学的人数似乎都对，可是，嘟嘟去哪里了？

她的心里有点害怕起来。

再看一遍呢？

还是没有！

为什么？为什么？为什么……为什么这张合影上，没有了她？

穿着爸爸的灰外套的、胖胖的那个她，到哪里去了？

坐在温暖的房子里，嘟嘟的身上却起了一层鸡皮疙瘩。寒意像爬山虎一样，迅速爬满了她的全身。

最后一次见到自己，是在那口诡秘的井里。

福特管家所说的枯井，在那个晚上却有泛着涟漪的井水。

嘟嘟探出半个身子，并在井水中看到了自己。

——那个胖胖的自己。

"你不要我了？"倒影问道。

"我……"嘟嘟答不上来。

"你不要我了。你还没有真正明白，肥胖、贫穷、美丽、富有……那些表象毫无意义。它们不是真正的你。去找到真正的你吧。等到那个时候，我再回来问你同样的问题。"

"我不明白，等一等！"嘟嘟对倒影喊道。

可是，水中的倒影晃了晃。好像一波波涟漪……在晃动中，倒影消失了。

纤细、柔美的女孩站在井边。脸上是纯洁的悲伤和一丝迷茫。在她面前的那口井里，竟然没有了她的倒影。

倒影消失了。

现在，自己曾经存在过的证据，似乎也被一种神秘的力量抹掉了。

"芳芳小姐，您怎么了？脸色好差。"小糖关切地问。

看到小糖的脸，嘟嘟想起自己昨夜的梦。

消失了，一切都消失了。

好像曾经的那个真实的自己，只不过是画在稿纸上的一幅铅笔画，被谁轻易就用橡皮擦一点一点地擦干净了。

"芳芳小姐，您没事吧？"

芳芳小姐……我叫芳芳小姐吗？我明明有自己的名字呀，可是，我怎么想不起来自己姓什么了……

恐惧的战栗袭过嘟嘟全身。

寄居在芳芳小姐身体里的这个"我"是谁？真正的"我"又到哪里去了？

穿越神秘的时空隧道，在那个糖果色的国度，沙发上的女巫看着水晶球里映现出的一切，发出一阵轻笑。

第5章
不速之客

🐻 未婚夫驾到

🐻 黑猫启示录

【出场人物】

蓝嘟嘟，桃芳琪，何雅斯，植安奎，校长奶奶，福特管家，
小糖，沐，黑猫，其他龙套人员若干

【特别道具】

凤凰八爪鱼

未婚夫驾到

咦，今天的凤皇学院，感觉有点不对劲啊？

路上，一个人都没有呢？

空气里，有一种肃杀的气氛。

好可怕，好可怕……到底发生了什么事？

"是'梦境'的游泳池检修挖出大洞，史前大章鱼入侵校园；还是巴比伦花园餐厅做了过期的蛋炒饭，全校师生食物中毒？或者……啊，不敢再想下去了。有这么丰富的想象力，不如想想自己姓什么。唉唉，敲敲脑壳——我这个死脑筋怎么还是想不起来自己姓什么呢？"

嘟嘟一边走，一边碎碎念，一边东看西看。

嗯，草丛里有没有藏着同学啊？棕榈树背后有没有藏着同学啊？那个，镶着水钻的垃圾桶背后有没有藏着同学啊？没有，太好了，拿出指甲刀，挖几颗水钻回去存着以后给老妈……

背后怎么凉飕飕的？

回头，一个白色的人影正快速掠过。

嗖！

又一个！

今天怎么回事啊？

他们在干什么？凤皇学院兄弟会？

好不容易有一个白影飞到跟前，嘟嘟赶忙说："这位同学……"

啊，又飞过了！

竟敢无视芳芳小姐！气死我了！今天的学校怎么怪怪的，人都到哪里去了啊？

又过来三个女生，也是一溜烟跑掉了。

只从那阵风中隐约听到什么"未婚夫""王子"之类。

"哦？有好戏看？"嘟嘟快速跟了上去。

啊，原来大家都在这里——凤皇学院岛心广场，每期《凤皇八爪鱼》的八卦都是在这里发布的。人手一份《凤皇八爪鱼》，所有的人都在津津有味地看着。

"王子要去她家住啊，不会吧？"

"是真的，校长亲自宣布的。"

"怎么会？"

"可能是家族联姻！"

"哎呀呀，如果我也能得到一个这样完美的未婚夫就好了！"

嘟嘟走近一群正在掩着嘴讨论八卦的小姐们，正想开口问到底发生了什么事，小姐们一看到她，立刻退散了。

"那个……"嘟嘟愣在原地。

到底怎么回事啊？捡起地上的一份《凤皇八爪鱼》，嘟嘟顿时瞪大了眼睛！

封面上这个穿着白色礼服的魔术师，不就是那个讨厌又霸道的大魔王吗？更让人不可思议的是那醒目的标题：《奎王子入住桃府　魔术师竟

是芳芳小姐未婚夫！！！！》

一连四个感叹号，看得嘟嘟目瞪口呆，心跳加速。

"造谣！绝对是造谣！那家伙什么时候住到我家来的？未婚夫？根本不可能。他要是我未婚夫，我只有跳海以明志了！"

"芳芳小姐！"嘟嘟循声望去，是小糖。她手里也拿着一份《凤凰八爪鱼》。

"这是真的吗？"小糖问。

"当然不是啦！我怎么可能和那个家伙扯上关系！"嘟嘟气得发抖。

那个脾气比史前大章鱼还霸道，嘴巴比过期蛋炒饭还毒的家伙，怎么可能住到自己家，更不可能是自己未婚夫了。

这到底是谁在造谣啊？

"芳芳小姐，恭喜您呀！"一个讨厌的声音。

何雅斯？！

《凤凰八爪鱼》的狗仔何雅斯，难道就是她造的谣？

嘟嘟扬起手里的八卦杂志问："这是怎么回事？"

"为您提前造势啊，毕竟来了这么一个万众瞩目的未婚夫，我们《凤凰八爪鱼》编辑部特别推出号外，为芳芳小姐打气加油！"

"你们……"

还没来得及教训何雅斯，空气中传来一阵飞机降落的声音。

从刚刚降落的橘黄色私人飞机中走出来一位西装革履的人——竟然是福特管家。看着他一步步走向自己，嘟嘟突然有了非常不好的预感……难道这一切都是……真的……不要啊……不要这样折磨我，老天爷！

"小姐，小姐，请赶快跟我回家！"福特管家虽然保持着一位和蔼的老绅士的风度，但语气中的焦急马上就让人明白了事情的紧迫，"有很大，很大，很大——的事件发生啊！"

"哦？"

福特管家的身后，飞机敞开的舱门里，露出四五个女仆的脸，她们都在探头探脑地朝着嘟嘟这边望。

"我们把沐浴间、化妆间、更衣间和女仆们都带来了。请您尽快梳洗，礼仪方面均已准备就绪，您只有十七分钟。十七分钟后，飞机将降落在桃府，我们的客人已经在等您了。"

"我明明早上才梳洗完毕来上学的……"

嘟嘟的话还没说完，已经被带上了飞机。女仆们七手八脚地把她塞进了浴室。今天的礼仪官似乎特别慎重，虽然只能就着飞机上的这些设备，但是十五分钟后，嘟嘟就已经大变身了。

"很好，十五分钟整，小姐您还有两分钟时间调整您的呼吸。"福特管家满意地看了看自己的怀表。

两分钟后。

飞机降落在桃府的私人停机坪上。

男仆们放下悬梯，嘟嘟在女仆们的簇拥下款款步出舱门。

看着自己的这套打扮，嘟嘟欲哭无泪。维多利亚风的波浪礼帽，束得不能再细的腰身，夸张繁复的西班牙宫廷大裙摆……这是要见国王还是教皇啊？

"嘘，"福特管家做了一个小小的手势，"小姐，请保持您的尊贵笑容，我们的贵宾正在等您！"

嘟嘟可以清楚地看到自己的样子：一只放在菜板上待宰的活鱼，心里极不情愿，脸上却要装出一副彬彬有礼的尊贵的小姐模样。

拖着清道夫机车似的曳地裙摆，嘟嘟走进了桃府的大门。

硬着头皮来到"贵宾"所在的翡翠会客厅，嘟嘟脸上挂着僵硬的笑容，迎向自己人生新的低潮……

翡翠会客厅里，优雅的红檀椅上坐着的，却是校长奶奶。

"奶奶，原来是您！"嘟嘟一下子心花怒放，欢天喜地跑向校长奶奶。

"乖孙女，哈哈哈，"校长奶奶也开心地拉着嘟嘟的手，"奶奶想念乖孙女和乖孙女的银丝拉面，所以过来看看你咯。"

"没问题，我这就去给奶奶做一碗！"

"等一等，奶奶还有比银丝拉面更重要的事情要告诉你哟。"

"呃……是什么？"

"当然是关于那个臭小子啦。本来呢，他这几个星期都在我们一位世交家的别墅里关禁闭，但是没想到这小子越来越无法无天了，为了出来，竟然……"

"啊，大魔王在闹绝食？"

"那倒没有，他每天能吃下一头牛。但是，他把别墅变没了。"

这个植安奎，简直是魔王！嘟嘟傻傻地听着，不敢相信世界上有这么不讲理的人。

"所以，我只好同意他的要求，让他回到凤凰学院来上学。但是，我也逼这个臭小子答应了我的条件。"校长奶奶说到这里，眼珠一转，情不自禁地哈哈大笑起来。

嘟嘟看得毛骨悚然，怯怯地问道："奶奶的条件，不会是让那个家伙住到……"

"真聪明呀！我的条件就是让那个臭小子住到桃府来。你们一起上学，一起放学，寝食起居，一应统一。你要是看他有什么不顺眼的地方，就立刻报告给奶奶！这样就能帮我守住那小子了！"

校长奶奶还沉浸在自己完美的计划之中，福特管家已经带着两个随身仆人跑上前来。

"小姐，小姐又晕过去了！快去找个医生来！"

吸了好几次氧，嘟嘟总算回过神来。

不过与其说是吸氧醒过来的，不如说是被桃府外的礼炮声吵醒的。

十二响礼炮过后，桃府的大门咣啷一声打开了。

还躺在地上的嘟嘟，穿着那身可笑的宫廷大摆裙没办法爬起来。以她贴着地面的视角来看，首先看到的就是猩红色的羊毛地毯好像被看不见的手牵引着，迅速从门外铺了进来。

炫目的烟花、礼花、彩带从天而降，那个魔王出现了！

"植少爷，欢迎光临舍下！"福特管家和众仆人列队在地毯两旁，久久地弯着腰，行 90 度的鞠躬大礼。

一双脚蹬着朵姿的鹿皮"豆豆鞋"，啪嗒啪嗒走了过来。

"福特管家，你们桃家的这个房子也太老土了，这么小，早该换换了，装修的风格也很老套……"

"福特管家，我得重新带些能用的私人生活器具过来……你们这里简直就是荒漠，什么都没有嘛。"

"福特管家，听说你们有位骨感小姐？看来府上的饮食很清淡啊！"

"开始了，开始了，"嘟嘟心里绝望地想，"我暗无天日的生活开始了。"

"臭小子，注意你说话的语气。"校长奶奶狠狠地训斥道。

"奶奶，您在这里啊？"那恶少往这边走来，一步跨过了躺在地上的嘟嘟，走到了红檀椅跟前。

"太过分了！居然有这种魔王！士可杀不可辱，你怎么能两次无视本小姐！"嘟嘟欲哭无泪。

"从今天开始，你就要和芳芳小姐按照同一作息时间表执行全天 24 小时的安排。我可不想要一个太自由散漫的继承人，你在这里给我好好学。"校长奶奶一边朝着门外走，一边对植安奎说。

"同一作息时间表！简直是用一只手铐铐住两个人，奶奶，您不会这么残忍吧？"过分！恶少说着话，又一次从嘟嘟身上跨过！

"一只手铐能难住你吗？不过，只要你坚持坚持，这一切都是暂时的。"

暂时的，暂时的，暂时的，暂时的……

这三个字让躺在地上的嘟嘟和垂头丧气地陪着奶奶走向桃府大门的植安奎都精神焕发起来。

在嘟嘟的心里出现了这样一幅温暖的画面：世界又重新变得光明了，她的脸上流着两行清泪，迎风奔跑在阳光普照的青草地上……暂时的，暂时的，暂时的，暂时的……这真是世界上最让人感动的三个字了！

"好了，福特管家，我告辞了。这个臭小子这些日子就拜托您了。"

福特管家行着礼，送走了校长奶奶。

"福特管家，"站在大门口的植安奎指了指翡翠会客厅的地板，"那个抱枕不会是你的吧？哈哈哈哈，喷了好多香水，那东西你怎么好随地乱丢？"

"植……植少爷，那是我们家芳芳小姐……"

此时此刻，躺在地板上的嘟嘟已经没有力气说话了。

这幕场景好熟悉，她又回想起了自己最倒霉的那一天……

"这个鱼腥味的抱枕是怎么回事？"

"什么？抱枕？那是我的脸啦！"

这样的人间悲剧竟然可以再度发生……嘟嘟绝望地躺在冰凉的地上。谁能知道，在这蔷薇少女的身体里，有一颗多么纠结的心。

刚刚才亮起希望的人生，似乎又变成了谢幕的幕布。美好的世界在嘟嘟面前慢慢地合上了。

黑猫启示录

一只青灰色近乎透明的海蟹，横着八条腿儿，快速地爬过了一条窄窄的小路，躲进了路边的草丛。

窄路的尽头是连成一排的破旧房屋。海边的贫民窟，就是小糖的家。

小糖的书包里装着那只从春町镇来的黑猫。她不明白芳芳小姐为什么要留下这只黑猫，但是她知道它对芳芳小姐一定很重要。

倚在门口晒太阳的爷爷，眼睛尖得很，一眼就看到了路上的小糖，大声喊起来："乖孙女，你可回来了！爷爷我好想你哟！这次可真是因祸得福啊！不仅卖完了豆腐，喝到了美酒，还拿到了大笔的慰问金，赚到了！哈哈，那个福特老头还真是慷慨啊，还有那个贵小姐也真是有风度！哈哈哈！来，快过来，我们爷孙俩好好地大吃一顿，庆祝庆祝！"

小糖看到爷爷，也跑了起来。等她跨进了歪歪扭扭的屋门，便累得一屁股坐在棕榈叶子编成的蒲团上。

"乖孙女，不要这副满脸心事的表情，你可是青春少女啊！像花一样的年纪！来，这个米酒，你也来两口！"满脸红彤彤的爷爷递过大大的酒瓶。

"爷爷，小糖还是高中生呢，怎么可以让未成年人喝酒啊？"

"对啊，我忘记了！哈哈，不过你小时候可最喜欢抢爷爷的酒葫芦哟！"

"爷爷！"小糖生气了。

爷爷赶紧指着桌子说："看爷爷给小糖做了什么？"

看到桌上爷爷准备的香喷喷的蛋包饭，小糖立刻变得高兴起来，这才想起自己肚子早就饿了！对，先大吃一顿，还是最最喜欢爷爷的手艺了！

"爷爷，我开吃了。"

"我们一起来唱首歌再吃！你小时候最喜欢唱的歌，一起来！"爷爷坐到了小糖对面的蒲团上。

"女娃娃，女娃娃，一个女娃娃，她没有亲爱的妈妈，也没有爸爸啊！不过她有最最最爱的爷爷……"

逼仄的小屋里久久地散发着蛋包饭的余香，回荡着爷孙俩欢乐的歌声。海风吹进这小小的屋子，带来丰富的水汽和一丝丝甜腥味。夕阳很快就沉入了海中，几颗疏星出现在浅蓝色的夜空。

喵——

书包里的黑猫跳了出来。

"啊，好可爱的毛球，到爷爷这里来！"爷爷看到黑猫，果真喜欢得不得了。

黑猫跳上爷爷的膝盖，金色的双眼舒服地眯成了一条缝。

"爷爷，这是我朋友的猫。爷爷可要答应小糖好好照顾它哟！"

爷爷连声应着，拿起酒壶，回房间睡觉去了。

小糖收拾起桌上的碗筷，开始麻利地洗起来。

"小糖！小糖！"爷爷在叫孙女。

一推开爷爷的房门，满屋的酒气扑面而来。爷爷正和黑猫相对而坐，他喝得满脸通红。

见到小糖站在门口，爷爷眯着眼迷糊地说道："乖孙女，这毛球会唱歌啊！"说完便呼呼大睡起来，怎么也叫不醒了。

不过，那黑猫却真的拍起手，大声地唱起歌来："女娃娃，女娃娃，一个女娃娃，她没有亲爱的妈妈，也没有爸爸啊……"

小糖瞪大眼睛看着黑猫。

一分钟后。

小糖走到黑猫跟前，提起它的两条腿。黑猫在空中又蹬又抓。

小糖把猫翻过去覆过来看了好几遍，疑惑地说："奇怪，进了水还没有坏吗？有钱人家的玩具真是高级！开关在哪里呢？难道是配有遥控器的那种高级的仿真玩具？"

黑猫听到小糖的自言自语，一下子垂下脑袋，不动了。

"啊！连遥控器都不需要？声控智能玩具？"小糖歪着头，把猫提起来，又仔细地看了看，"这个，应该很贵吧！做得跟真猫简直没有区别！"

"因为我本来就是一只猫。"黑猫扭过脸，有气无力地说。

小糖吓得哇哇大叫，把黑猫扔到了地上。

黑猫优雅地落下，盘起尾巴坐好。接着，它伸出左爪，一边舔着一边对小糖说："真是拿你们没办法，我每次出现都在提示你们注意一个重要的信息。可是你们一直装作听不见。"

"重要信息？是关于芳芳小姐的吗？"

猫停止了舔爪子的动作，歪头看了小糖一眼："芳芳小姐？啊，我明白了。你是说我的小公主夏薇薇。"

"这个重要的信息，是什么？"

"密道。"

"密道？"

"是的。转告我的小公主夏薇薇，找到密道，就会找到她要的答案——虽然只是一部分答案。"

"要怎么找到这个密道呢？"

"水。"

"水……水是怎么回事？而且，你从来没有说过关于密道的事啊，猫小姐。"

"胡说。我可不是什么小姐。我是……唉，真拿你们这些小孩子没办法。我每次出现都在提醒我的小公主夏薇薇，密道，密道啊。"

"真的吗？"

"是啊。"

"你怎么说的？"

"喵——"

恒温游泳池检修完毕后，周四下午的体育课就恢复了游泳课。

"小糖，你怎么还不换衣服？"

"我……"

"马上就要上课了哟。"

"芳芳小姐，我不敢游泳。"

"什么，不会吧？生长在海边的人不会游泳？"

"这个，请您为我保密。"

"好。"

"另外，我还有件事情要告诉您。"

"好呀，那我也请假不去游泳好了，哈哈哈。我们就到植物室里去吸点氧气吧！我家来了个大魔王，最近把我弄得一个头两个大！"

两个女孩子穿过恒温游泳池通往植物室的圆形通道。通道外是万里无云的天空。不时飞过的白色海鸥让她们觉得好像行走在海洋公园的隧道里，海鸥像游鱼似的在蔚蓝的背景中自在游弋着。

看到通道里没有其他人，小糖把黑猫的提示一股脑儿说了出来。

"芳芳小姐，那只猫为什么叫你'我的小公主夏薇薇'呢？这个名字真是太奇怪了。"讲完之后，小糖问。

嘟嘟眨了眨眼——我的小公主夏薇薇？那不是关于彩虹国度的故事里的淘气的夏薇薇的名字吗？那个女巫大婶就来自彩虹国，而自己则要限时完成彩虹之穹王子的心愿。黑猫一定和银色沙漏之约有着某种联系！

小糖连珠炮的问题打断了嘟嘟的思考："黑猫为什么会说话呢？你以前听它说过话吗？它从哪里来？还有它所说的密道，到底是怎么回事？"

"密道？我也不知道。"嘟嘟心里盘算着——密道，什么密道？

难道是找到渐渐"消失"的自己的一个重要线索？因为一切改变都是从那个夏夜开始的！遇到黑猫的那个夜晚之后，嘟嘟的生活就变得完全不同了。

"小糖，"嘟嘟拉住小糖的手，犹豫地问，"我们是好朋友吗？"

"当然了，芳芳小姐！"

"那么……"嘟嘟下定决心似的开口道，"你能为我保守秘密吗？"

"好，我答应你。"

长长的通道外，不知不觉堆积起了厚厚的云。白而饱满的云朵像是谁用画笔涂抹在天空中的一样，而它们落在海面的倒影，就变成了一条条巨大的鲸鱼。

嘟嘟仿佛又回到了春町的灰色灯塔上。

海风吹着她的发丝，带来令人舒心的海的味道。

她并没有忘记自己的家人和家乡，没有忘记沐，没有忘记灯塔和爸爸讲过的故事。可是，为什么她怎么都想不起来自己的姓氏了？

嘟嘟望着面前的小糖。小糖的眼睛里是一种单纯的美好。

也许，自己的秘密可以与面前的女孩分享。

嘟嘟开始讲述起真正的自己。那个在春町长大的胖胖的女孩，那个单亲家庭的女孩，那个骑着自行车送海鱼的女孩。

在小糖越来越惊讶的目光中，她把遇到黑猫和从天而降的少年魔术师、认识彩虹之穹的女巫和王子、莫名其妙变成桃芳琪小姐这些事情，一件一件全部都讲出来了——除了那个雨夜的梦，和小糖背靠着背睡在公主床上，嘟嘟梦见一切都消失了，小糖也消失了。

"芳芳小姐，您不是开玩笑吧？"

"小糖，请相信我。我和你一样，就是因为我们是同一种女孩子，所以我们成了好朋友！如果不是因为银色沙漏之约，我现在也只是住在春町、骑着自行车的胖女孩而已。"

"芳芳小姐，哦，不，我现在应该叫你嘟嘟，"小糖吃惊地抓着嘟嘟的手，"我知道这是怎么回事了！"

"是吗？你有办法帮我阻止'消失'？"

"我听爷爷说起过一种海神。海神有时候是青蟹的样子，有时候是珊瑚的样子，有时候又是凶猛的大鱼……总之它可以变来变去，让人认不出来。他喜欢恶作剧，跟水手做交易。如果水手把自己的名字写出来，托海神保管，水手其实就交出了自己的灵魂。"

"可是，彩虹之穹的女巫不是海神啊？"

"嘟嘟，那个女巫要走了你的名字，所以，现在她应该保管着你的部分灵魂。"

"啊？不会吧？怎么办啊，小糖？"

"你和女巫的契约，听起来也有一点像陷阱！"聪明的小糖帮嘟嘟分析道，"如果彩虹之穹的王子的愿望就是见到他的恋人芳芳小姐，可是现在芳芳小姐的身体里却是你的灵魂呀！女巫告诉你，只有实现了王子的愿望，你才能拥有现在拥有的一切——可是要实现王子的愿望，你就要交出这具不属于自己的身体。那你还能拥有什么呢？你的灵魂又会去哪里呢？"

"是啊，我也一直想不明白这一点。"

"你后来还去过郁金香岛吗？"

"没有，一共就去过两次。我也不知道是怎么去的。醒来就在那里了；而下一次醒，就是这个世界了。在郁金香岛上，我就是原本的胖女孩；在这里，我的灵魂只能住在芳芳小姐的躯壳里。"

"也许黑猫所说的密道，就是通往郁金香岛的路呢？两个世界有某种神秘的连接，你必须自己找到这个连接！"

"有道理。找到密道，才能再次去郁金香岛，然后完成琉的心愿，找回我的姓，阻止我的'消失'！"

"你用自己的名字和女巫做了交易，她一定有什么地方欺骗了你。现在，我们一定要想办法尽快找到黑猫所说的密道。因为你的时间不多了——银色沙漏里面的星星沙流完，还完不成彩虹之穹王子的愿望的话，你就找不回真实的自己了！"

"嗯！小糖，谢谢你！"嘟嘟感动得不知道说什么好。

第6章
神啊，跟大魔王宅一起?!

🐰 **找自己**

🐰 **桃府有鬼**

🐰 **银色沙漏开始逆流：谜语Ⅰ**

【出场人物】

蓝嘟嘟，桃芳琪，何雅斯，植安奎，
小糖，沐，其他龙套人员若干

【特别道具】

银色沙漏、会吐口水的青蛙

找自己

凤皇学院的女生更衣室。

何雅斯正坐在雕琢精美的洛可可风梳妆镜前，摆弄着自己的假睫毛。

她身后的门无声无息地开了。

聚精会神的何雅斯并没有发现异样。这时，她的唇膏沿着桌沿滚到了地上。何雅斯俯下身捡起唇膏。等她坐回镜子前，立刻捂着心口尖叫了一声。

"天哪！"

她回转身，对着突然出现在自己更衣室里的两个女孩嗔怪道："原来是芳芳小姐和跟班啊。你们吓死我了！"

"何雅斯，我有话要问你。"

"愿意为您效劳，芳芳小姐。顺便问一下，您和奎王子相处得还愉快吧？"

"不要在我面前提那个魔王！"

"哎呀呀，人家是《凤凰八爪鱼》的记者嘛。好了好了，我可不想惹您芳芳小姐生气。请问，您要问我什么呀？"

"何雅斯，你好好看着我，我是谁？"

嘟嘟两只手放在何雅斯肩上，瞪大眼睛看着她。

"您是……您是芳芳小姐啊。"

一旁的小糖说："嘟嘟，我都说过这样没用的。她怎么可能看到真正的你呢？"

"何雅斯，你还记得在春町的初中班上，有个叫嘟嘟的胖妹吗？"

何雅斯一脸茫然。

嘟嘟急了："你记得，你记得，你一定记得！你总是欺负她！你撕掉她的试卷，撕掉她写的圣诞卡！你对她说她是最丑陋的人，而且永远也没法改变！你还记得吗？"

何雅斯惊魂未定地看着发狂的"桃芳琪小姐"。

"何雅斯，那个丑八怪胖妹嘟嘟就站在你面前。你认出我来了吗？"嘟嘟摇晃着何雅斯的肩，却从她的表情中得不到任何答案。

"我错了！"何雅斯吓得跪在地上，"芳芳小姐，我错了！我再也不骚扰您了！再也不编排关于您和奎王子的八卦了！请您息怒！"

嘟嘟停止了追问，扭过脸绝望地看着小糖。

机灵的小糖赶紧拉起嘟嘟的手往外走去，边走边说："芳芳小姐，现在您总算消气了吧？她再也不敢了，您就不要再生气了呀。"

找自己 A 计划，失败。

"小姐，您怎么会突然想到要去那个叫春町的地方呢？"

"福特管家，我都说了好多次了，是去完成生物课的作业啦！我和小糖这组要找到一种会吐口水的青蛙。福特管家，你一定要帮我们！听说只有春町有这种青蛙，送我们去啦！"

看着嘟嘟说谎不眨眼的样子，小糖捂着嘴偷偷笑起来。

福特管家赶紧做了安排，周末，嘟嘟和小糖来到了春町。

"啊，好可爱的小镇！原来这就是嘟嘟的家乡呀？"小糖挽着嘟嘟的手，两个女孩高兴地走在两旁栽满了棕榈树的街道上。

"哈哈哈，我今天志在必得！"嘟嘟信心满满地说。

"你是说找到那种会吐口水的青蛙？"小糖俏皮地看了她一眼。

"那个，当然不是啦，"嘟嘟不好意思地摸摸头，"但是，我坚信我们一定可以在这里找到一只会流口水的胖恐龙存在过的证据！"

熟悉的街巷，熟悉的小院。

"那就是我家啦！"嘟嘟领着小糖，快步跑到门前。

怀着忐忑的心情，嘟嘟朝里面望了一眼。

一个穿着鲜艳裙子，头上扎着碎花头巾的大婶正在给花浇水。

"老妈！"嘟嘟激动地喊起来，"老妈！老妈！你什么时候回来的？"

大婶回过头来，疑惑地看着站在自己家门口的大小姐。

"您找谁呀？"

原来是那位胖狐狸似的房东太太。

嘟嘟一下子像个泄了气的皮球。不过，她还是鼓起勇气问道："房东太太，以前住在这里的那对母女你还记得吗？"

"母女？"房东太太眯起她细长的眼睛，咂咂嘴，"美丽的大小姐，您要找的就是我吧？我和我女儿住在这里。我有三个女儿，您和她们是朋友吧？快请进呀，嚯嚯嚯嚯！"

啊，怎么会？

"你……你一直住在这里吗？"嘟嘟不敢相信，怎么会这样？

"当然了，这是我家的祖房。我就是在这房子里长大的，现在女儿们也还没有嫁出去呢。难道是您有三个又帅又有钱的哥哥看上她们了？哎呀呀，我的女儿们真是有福气呀！您是来替哥哥们看未来的嫂子的吧？"

"大婶，您在说什么啊？"嘟嘟拉起小糖跑开了。真受不了这位房东太太，还是跟过去一样财迷。可是为什么她不记得自己曾经在这里租过几年房子呢！

找自己B计划，失败。

嘟嘟老妈曾经当钟点工的王奶奶家。

王奶奶："是有一个钟点工，她做饭的手艺很不错。胖胖的女儿？没有吧，没见到过。老了，记性不好了。"

找自己C计划，失败。

三叔的烤鱼店。

三叔："送鱼的胖女孩？没有没有没有，我们这里没有童工，我自己有三个儿子，何必雇人送鱼啊！大小姐，我这里是小本买卖！"

找自己D计划，失败。

春町初中。

以前学校的班主任老师："嘟嘟？很胖的女孩？没有印象。我帮你们查查学生登记册吧！还是没有啊？你再去别的地方问问吧。"

找自己E计划，失败。

调查的结果真让人失望。

"难道我从来没有存在过？"

嘟嘟和小糖惆怅地坐在春町初中校门口的石阶上。

深秋的风并没有凉意，吹在脸上痒痒的。

"但是至少有一点比较让人欣慰啦！"小糖说。

"什么？"

小糖开心地伸了一个懒腰："那位房东太太的三个女儿可以嫁给烤鱼店大叔的三个儿子哟！"

扑通……

"嘟嘟，你再仔细想想，我们有没有漏掉什么？"

"没有。怎么回事？大家都想不起我了！那……会不会连这些台阶，这些棕榈树，这些石头也都想不起我了？"嘟嘟再也受不了那种失落感，大哭起来。

小糖心疼地伸出手，放在她肩上："嘟嘟，别着急，一定有办法的！"

"照片上的我消失了，爸爸妈妈也不在身边，家乡人全都不记得我……怎么办？怎么办啊？……我……我好想一切都回到从前。我不要什么大小姐的身份，我只要做我自己！"嘟嘟哭得脸上鼻涕眼泪横流，当然了，这个时候哭花桃芳琪小姐的脸，她可一点儿都不心疼。

"嘟嘟，一定有办法的。你再想想有没有漏掉什么？"

嘟嘟已经哭到哽咽了。她抽抽搭搭，断断续续地说："漏……漏掉……的事，倒是……有一件。小糖……有一件事，我之前没有告诉你。因为，因为……"

见嘟嘟不说话，小糖摸了摸她的头，说："我们是不是好朋友？好朋友之间是没有秘密的。"

"小糖，如果我说，我有一点点喜欢沐，你会不会嘲笑我？在心里鄙视我？像我这样又穷又不好看的女孩子，怎么有资格喜欢沐那样的人呢。"

"不会，我怎么会嘲笑你……"小糖看着嘟嘟，虽然面前是桃芳琪小姐的脸，但是从那单纯没有杂质的眼神里，小糖看到了自己最能够理解的表情。

嘟嘟继续开口道："那个时候，沐转校来我们班，只待了半年就去了法国。沐真的是一个好温柔的男生，他曾经鼓励过我，替我擦眼泪，还送手帕给我。所以，我到现在还……总之，沐是认识真正的我又还没有被我们调查过的最后一个人。"

"沐，真的对你那么好？"

嘟嘟点点头。

"而且他所看到的你，是原来那个又穷又胖的你？"

嘟嘟又点点头。

想到这里，嘟嘟更加难过了。

嘟嘟难过到都没有发现，小糖的脸不知不觉红了。

懂事的小糖看出嘟嘟的心情很低落，伸出两条细细的胳膊，把嘟嘟圈起来。

"嘟嘟，加油！"小糖的脑袋抵着嘟嘟的脑袋。

一股温暖的力量从那里传来，嘟嘟露出一个笑容："嗯！加油！"

桃府有鬼

大小姐从春町回来之后，脸色就越来越差。

福特管家特意从国外订购了一箱青蛙，非常虔诚地说："小姐，您现在可以去向生物老师交差了。"

青蛙有什么用？如果它们中有一只可以呱呱叫着说"这位桃芳琪小姐怎么又丑又胖，浑身还有股遮不住的鱼腥味儿"，那不管它是不是王子，嘟嘟一定会奉上一个吻作为回报！

本来已经为自己的事情够头大的了，桃府里总是嗡嗡嗡的那个大魔王还总是不叫人省心。

"福特管家，扇贝里的蒜放得太少了。"

"福特管家，生牡蛎上淋的柠檬汁多了一点"

"福特管家，那瓶沙司不是今天的。以后请为我提供当天的沙司。"

……

受不了，真让人受不了！和他一起吃饭真让人没食欲！就算是以前的那个胖胖的我坐在这里，也早已经变成桃芳琪小姐这样的骨感少女了！

还有，谁在吃饭的时候还戴着铂金镶钻的墨镜？好讨厌的人！什么时候可以摘下那副丑得要死的墨镜呢？

自从植安奎搬进了桃府，芳芳小姐的一日三餐都是让女仆送到自己房间的。

当植少爷对着福特管家抱怨饭菜的时候，坐在房间地板上拿着筷子挑意大利面的嘟嘟，也在不停地诅咒那个挑剔的家伙。

这些日子里，嘟嘟做噩梦的次数也比之前多了。

有时候，梦中那个幽深的地下甬道里还会出现一个双眼通红的魔鬼。魔鬼的脸渐渐占据嘟嘟的视线，嘟嘟惊恐地看到那是植安奎那个讨厌鬼的脸……

等等，地下甬道？！

黑猫所说的"密道"，会不会就是梦里的这个甬道？

自从嘟嘟的灵魂住进桃芳琪小姐的躯体，这个关于地下甬道的噩梦就经常出现……这个梦，会不会是残留在桃芳琪小姐身体里的某种记忆？它是如此重要，以至于灵魂不在了，它却依然存在。

梦，真的是一种很神奇的存在。

如果真是这样，那密道很可能就在桃府里！想到这里，嘟嘟突然激动起来。她决定，晚上趁大家都睡着了，好好探访一番，寻找桃府中是不是真的存在一个密道。

好不容易盼来了万籁俱寂的夜晚。嘟嘟戴上从工具房偷来的夜视镜，穿着蕾丝边的公主睡裙，偷偷溜出了房间。

梦里那条通道是由古老的方砖砌成的，那么，应该从比较古老的地方开始找。而且，黑猫提到"水"——哪里是桃府比较古老，而且有水源的地方呢？

到底是哪里呢？

嘟嘟的心里有一个声音在说：桃府最古老又有水源的地方，当然是在厨房啦！

这时，良心跳出来制止道：别老想着吃，再吃下去，自己的名字都要被吃掉了！

嘟嘟赶紧深呼吸，调整了一下思绪。

嗯，位于底层的浴室，看那种装潢的样子，感觉蛮古老的。浴室里的大浴池，不就是水源吗？嘟嘟脑海里浮现出了那些白色大理石的柱子、女神的半身雕和全身雕、黄色大理石雕刻而成的狮子头颅、从狮子口中潺潺流出的水……密道，会不会就在浴室的某个地方？那些砖的样子，好像和梦里的蛮像。

想到这里，嘟嘟蹑手蹑脚地往浴室走去。

轻轻绕过大厅，穿过长廊，转过拐角。太棒了！嘟嘟竟然没有惊醒任何人！要知道，如果是以前，她晚上睡觉翻个身都会搞得老妈大半夜都睡不着。

浴室到了。

小心地推开沉重的橡木大门，氤氲的水汽模糊了夜视镜。嘟嘟取下夜视镜，踮着脚往里走。她凭着记忆绕过白色大理石柱和那些女神的雕塑，走向浴室末端的那面古老的墙壁。

不经意间，嘟嘟的脑袋碰到一尊雕像的肩膀，好痛！嘟嘟不敢叫出声，抬起脚狠狠朝着雕像踢回去。

"嗷！谁？"雕像惨叫着蹲了下去。

嘟嘟不禁尖叫起来，天哪！疯了疯了，先是会说话的黑猫，现在连雕像也会说话了。

"鬼啊！！！"雕像又说。

"什么？鬼？在哪里？"嘟嘟吓得跳起来，也来不及多想，抱住了雕像。

咦，怎么这尊雕像这么高大？皮肤这么光滑，身材……女神雕像的身材怎么……

"大小姐，你像猴子一样缠在我身上干吗？"

熟悉的声音。天啊，这个，不会是那个大魔王吧……

嘟嘟红着脸小心地松开手，问道："你说有鬼，在哪里啊？"

"搞笑，还有鬼会不知道自己是鬼啊？"

"喂，你说什么？"

氤氲的雾气中，嘟嘟恍惚看到植伸手摸到一条毛巾，围到他自己身上。可能是因为不用欣赏他那张臭脸，嘟嘟竟然觉得原来这个大魔王的声音还蛮好听。

"半夜三更不睡觉，跑到浴室来偷看本少爷洗澡！"

"偷看你洗澡？我哪有啊？"

"别不承认！明天我就告诉奶奶，你半夜偷看本少爷洗澡，我要赶紧搬出这个可怕的魔窟！"

"非常欢迎，慢走不送！"

两个人斗着气，嘟嘟真是巴不得眼前这个大魔王马上就连人带毛巾消失。

水汽逐渐散开，嘟嘟这才看到面前站着的植。

他手臂上清晰的线条、胸膛上健康的光泽、稍微急促却带着淡淡香味的呼吸，全都近在咫尺！

这个角度……大理石般温润的额头，高贵笔挺的鼻梁，安静闭着的双眼，睫毛又黑又密……嘟嘟想起了改变自己命运的那个夜晚，从天而降的少年魔术师——当他闭上嘴不说话的时候，还蛮让人喜欢的呢。

植的话打断了她的胡思乱想："麻烦让一让啦，本少爷要回房去睡觉了，别挡着我的路……臭丫头，河马见了你都要哭着说自己太瘦。"

"你说什么？你……"

"怎样！"

"你能看见我？看见两百斤的我？"

"难道还有另一个你啊？"

啊！！！

桃府的浴室中传来一阵震耳欲聋、撕心裂肺、惊天地泣鬼神的尖叫声。

接着桃府上下的仆人都被惊醒了，他们清楚地听到桃芳琪小姐的声音从那里传出来："见鬼了！见鬼了！见鬼了！"

银色沙漏开始逆流：谜语 I

星星沙徐徐地落下。

银色沙漏中映出了一对金色的眸子。那不是人的眼睛，而是——黑猫的眼睛。黑猫正嗅着沙漏，仔细地看着那些正在落下的星星沙。

"离契约终止的时间越来越近了啊。"黑猫喃喃地说。它的嗓音完全是一个男人的声音，低沉而有磁性。

"是啊，不知道那个丫头能不能通过这次历练，本来一切都在我们掌握之中，可是却不知道从哪里冒出来一个少年魔术师。那个丫头现在被搞得一团糟，她连密道都还没有找到呢！"

这次说话的，是女巫。

"我的小公主夏薇薇，希望她能通过银色沙漏之约的历练。"黑猫的胡须动了动，"你说呢？"

"希望一切如您所愿，殿下。"

第 7 章
王子落汤记

- 昨日重现
- 溏心蛋与怪大叔
- 旋涡

【出场人物】

蓝嘟嘟，桃芳琪，植安奎，校长奶奶，小糖，
沐，福特管家，侍应生，李医生

【特别道具】

溏心蛋

昨日重现

凤皇学院校长办公室。

"把这些华而不实的东西给我换成实用点的！"

"是，校长大人！"

"我对这个学院的管理很不满意，现在完全是贵族小姐少爷荒废学业的娱乐公园，哪里像一个严谨的学校。从现在开始我要将学院改制！立刻就开始实施！"

"是，校长大人！"

"还有，把学院所有学生经济状况的资料给我拿过来，尤其是今年免费入学的那个孩子的资料！我有一个特别的计划……"

"是，校长大人！"

凤皇学院礼仪教室。

大落地窗外几朵棉花似的白云，被一阵声嘶力竭的尖叫声扯成了烂棉絮的模样。

这一幕好像很眼熟？这次发出尖叫的是……呃，竟然……是奎王子！此刻我们的主角正被绑在一张华丽丽的皮椅上……奎王子身边还站了一位老爷爷，他的手里拿着……拿着剪刀？这是怎么回事？

"听着，你要是敢动本少爷的宝贝头发，本少爷可是会狂暴的！"双手被绑在身后的奎王子，对着眼前的理发老师一个劲儿地吹胡子瞪眼。这又玩的是哪一出啊？

理发老师犹豫地看着面前这个已经暴怒得像头小豹子的少爷，握剪刀的手抖个不停。

可站在理发老师身后的一排黑衣保镖，显然已经归属校长大人了——"少爷，老祖宗交代过了，您必须理一个与学生身份相符合的发型！请您不要挣扎了！"

"请老师动手吧！不然违背了校长大人的意思……那就……"其中的一个黑衣保镖说道。

"好的，立刻就好！"理发老师想到自己的工资福利老婆孩子，立刻开工。

喇喇几下，奎王子原本遮住眼睛的头发被剪短了。不一会儿，镜子里就展露出一个清秀少年的脸来。不过这张脸，脸色很糟糕，乌云密布！其实凤皇学院聘请的理发老师都是美容界很有名的师傅，他们一直引领发艺界的风尚，所以奎王子现在的头发样式还是很时髦的！不过视头发为宝贝的植，却恨死这个"刽子手"了。

正当奎王子无可奈何地摆着一张臭脸，礼仪教室的门打开了。校长一行出现在了门口。逆光看去，校长奶奶的身影显得特别威严。

"嗯，很好，这个样子，我很满意！"她拍了拍孙子的脸，"去吧！我给你安排好一切了，记住一切靠自己！对了，为了凤皇学院改制的事我需要外出一段时间，等我回来，看看你有什么改变吧！"

"安排好一切？"

"是的，奶奶专门为你安排了一个体验计划！"

"什么'体验计划'？"

"你将会住进小糖同学家里去！"

"小糖？谁是小糖？听起来是女孩子的名字……又要我住到女孩子家里去？"

"嗯，这次和去芳芳小姐家不同……"

"奶奶万岁！我真的可以搬出桃芳琪家的魔窟啦？"

"这次，是住到全凤凰学院最穷的学生家里去！"

"……"

"哈哈哈！"

"不会吧，奶奶？"

"怎么不会啊？不然奶奶为什么坚持要招收平民学生？多和他们接触，这样你的少爷脾气才会改改。正所谓：人不学，不知义，玉不琢，不成器啊！我不能毁了我们植家的子孙后代。"

奶奶一边说，一边往门外走。植安奎在椅子上扭来扭去，无奈还被绑着，挣扎也没有用。

走到门口的校长奶奶停住脚步，又说道："对了，臭小子，凤凰学院三大投资家族的少爷和小姐都需要经受这次考验。所以林家的沐少爷和桃家的芳芳小姐也会一起去。"

"什么？那只两百斤的河马也要去？"奎王子有气无力地瘫坐在椅子里。刚刚才因为向校长奶奶告发"芳芳小姐闯浴室事件"企图获得片刻自由，现在却明摆着要往更大的火坑里跳了！

"记住，现在你是一个身无分文的穷学生！不要太嚣张了！哈哈哈哈！"校长奶奶大笑着走远了。

"奶奶！"长长的走道上回荡着植的哀号，响彻云霄！

这一天，真是像极了某一天……

似乎在提醒大家，接下来的事情，会越发悲惨……

乌云密布的天空下，一只青蟹找到了一处小水洼，咚的一声把自己藏了进去。

　　水洼不远处，就是小糖家摇摇欲坠的小屋。

　　"呼——"小糖的爷爷伸了一个大大的懒腰！今天的豆腐还剩下好多没有卖出去，只有拿回家自己吃掉了，不然豆腐过了夜会发酸的。天色越来越暗了，似乎会下雨，所以爷爷早早地回家来了。

　　打开门一看，老头惊呆了，小小的破房子里挤满了陌生人！自己的孙女、上次见过的芳芳小姐、一个个子高得快顶着屋顶的少爷和一个褐色头发笑意满满的少爷——与他们面对面站着的是一个矮个子的老太婆和围在她身后的一群黑衣壮男！

　　"你们听明白了吗？植、沐、芳芳，还有小糖同学！"

　　"嗯，是的，校长！"

　　"听明白没有，坏小子？"老太婆跳起来就拧住了高个子少爷的耳朵，"大声点，我听不到。"

　　"是，奶奶，明白了，您放手啊！"刚才还臭着一张脸的少爷，这会儿龇牙咧嘴，一脸怪相！

　　拉大锯，开城门……这是唱的哪门子的大戏啊？老头一脑子糨糊，我今天没喝酒啊……

　　"糖老爷子，事情是这样的……"黑衣壮男里站出来一个人，叽里呱啦解释一番，最后说了重点，"我们校长的意思是，考虑到会打扰您的生活，作为补偿，我们校长会给您添置一个新的住所，包括起居家具之类的。不知道您能不能接受这样的安排？"

　　天上掉馅饼下来了，老头正愁这危房要是哪天垮塌了，自己和孙女没地方落脚，这天大的好事就自己送上门来了！

　　"没有问题，没有问题啦！住多久都可以。哈哈哈哈！"

　　"那好，我们就告辞了！再会！"

　　一伙人刚离开，老天就下起了大雨，稀里哗啦！雨点掉在房顶上的声音，好像天上倒糖炒板栗！嘟嘟一边想，一边咂了咂嘴。

"不好，我的豆腐车！"小糖的爷爷惨叫一声，冲出了门。

"爷爷！我来帮你！"小糖也跟着跑了出去。

沐站在门口看着屋外的雨。小糖和爷爷的身影已经完全淹没在大雨之中，看不清楚了。他回过身，发现柜角有一把大伞，抓起伞也出去了。

最后剩下嘟嘟和植安奎傻愣着，各有心事。

嘟嘟微闭着眼睛，还在想象糖炒板栗的味道，丝毫不受这场大雨的影响。

过了好半天才回过神的植安奎突然吼道："臭丫头，都怪你，这次被你害死了！"

嘟嘟睁开眼睛，不满地答道："你很无聊啊！这么大声很没有礼貌啊！你懂不懂？"

"吼你又怎么样？是不是你和老太婆一起策划来坑害我的？快说！"

"那是你亲奶奶，你叫她老太婆？很没有礼貌耶！算了，你就是一个自以为是、没有教养、嘴巴恶毒的大魔王！"

"你，你还敢还嘴！先是偷看本少爷洗澡，现在又把本少爷害到这种破地方来！我……"说罢，霸道的奎王子举起了大大的拳头对准了嘟嘟的脸蛋。

"来啊，你打我啊，来啊！"嘟嘟无畏的本性也暴露出来了，觑着脸毫不畏缩地伸到植的拳头下。

微闭着眼睛的嘟嘟，那粉红的嫩嫩的少女的脸颊，在这突如其来的雨中、在小屋阴暗的光线之下，产生了微妙的情调。看着这甜美的少女脸庞，长长的睫毛，粉嫩的嘴唇，植安奎突然听到了自己的心跳声：咚——咚——咚——咚——

"奇怪，这个丑八怪什么时候变得这么……"植安奎嘀咕了一句，放下了拳头。

在植安奎的眼中，"芳芳小姐"就是嘟嘟原本的样子，那个胖胖的、春町的穷女孩。

因为发现那个大魔王居然可以看到真实的自己，嘟嘟虽然极其不情愿，但还是来了。

密道的秘密还没有解开，所以，还是先跟大魔王和好吧。

"啊，可怕！"植安奎的惊叫声让嘟嘟睁开了眼睛。

"又怎么了？"嘟嘟不耐烦地看着面前这个家伙。虽然头发清爽了不少，可是大魔王霸道又可恶的本质还是没变啊！一惊一乍的也很讨人厌！

"有虫！"植安奎跳到一旁的板凳上，又嫌不够高，再跳，抱住了从房顶垂下来的南瓜灯，"恶心死了！怎么会有这种东西啊！快走开啊！快走开！"

"你快下来啦！没看到灯绳那么细啊？"嘟嘟无奈地望了一眼吊在空中哇哇大叫着还荡来荡去的植安奎。

真希望凤凰学院的女生都来这里看看，她们的奎王子怕虫怕成这样，哈哈哈！

"虫有这么可怕吗？"说罢，嘟嘟一脚踏下去，还来回揉了揉。植安奎瞪大眼睛，张大嘴巴，看着嘟嘟。

"喂，快下来了！"嘟嘟跺跺脚说。

抬头看到大魔王的滑稽样，真是笑死人了。不过，现在的发型配他还真是蛮好看呢。普通的T恤加牛仔裤，穿在他身上也蛮妥帖顺眼的。

突然，嘟嘟眼前一黑。

灯绳断了，植安奎掉了下来，砸到正在东想西想的嘟嘟身上。

"好痛！这算什么啊？"嘟嘟一面推搡着压在自己身上的大魔王，一面不满地大叫。

"臭丫头，别乱动啦！"植安奎说着，赶紧爬起来。

小屋里一片漆黑。一瞬间，有清亮的月光从黑云的背后照射进来。原来屋外的雨不知什么时候已经停了。热带的雨真是来得快去得也快。

嘟嘟躺在地上，抬头呆呆地看着站在屋里的植安奎。突然想起了几个月前的夏夜，从天而降的少年魔术师。从他们第一次相遇起，好戏就不停地在二人之间上演……先是和彩虹国度那个女巫的银色沙漏之约，接着遇到了神秘的彩虹之穿的王子琉，最最神奇的是嘟嘟变成了美丽富有的芳芳小姐——还有那只时不时出现的诡异的黑猫……遗失的真名实姓、隐藏的密道入口、被所有人忘记的那个"自己"……还有谁的人生会比嘟嘟的人生更复杂呢？这一切的源头，都是因为被那个大魔王从天上掉下来砸到！

"喂！"嘟嘟说。

"怎样？"站着的人答。

"你这家伙……"

话还没说完，房门被推开了。小糖、爷爷和沐走了进来。

"哎呀呀！怎么黑灯瞎火的啊？"爷爷一边说，一边找出了蜡烛和火柴。点上之后，小屋温馨了许多。

小糖爷爷打算把抢救回来的豆腐做成晚饭，小糖去帮忙了，热衷烹饪的沐也去学手艺。屋子里渐渐弥漫起食物的香味和白茫茫的热气。

植安奎和嘟嘟沉默地围坐在小桌边。海潮声穿越棕榈树林，传进小屋。

厨房太小，再也多站不下一个人。嘟嘟只好眼巴巴地看着小糖和沐的背影。他们说说笑笑，让嘟嘟心里酸酸的。一起下厨这种浪漫的事轮不到自己，陪着讨厌的大魔王干瞪眼倒是从来没少过自己！

"晚饭好了，大家一起来吃吧！"小糖爷爷高声招呼大家，"不过，今天晚上只有没有卖完的豆腐，还有自家腌制的辣白菜和白米饭！"

"辣白菜就白米饭！好久没有吃到了！好棒！"嘟嘟一听到晚餐内容，总算来了精神，赶紧帮着小糖和沐分起碗筷来。

大家都乐呵呵地围着小桌坐好，却看见植安奎正皱着眉头。

破旧的小凳子，带着裂缝的小碗……大魔王恐怕是第一次看见这些东西吧？在这种没有情调的环境中还有心情进餐吗？当然没有！

"我不饿，不吃！"

"小糖，爷爷，沐，不用理他。好香啊，我要开动了！"

"那植少爷，我们开动了！"

"只吃这种食物吗？臭丫头！"植安奎恨恨地说。

"那好吧！芳芳小姐，您喜欢就使劲吃吧！"小糖的爷爷看到嘟嘟的吃相，愉快地说，完全忘记了旁边还有一个臭着脸的少爷。

"爷爷，不用客气，这段时间我还要打扰你和小糖呢！就直接叫我芳芳吧！哇，这么新鲜的辣白菜，好过瘾，还有豆腐，好嫩！真好吃！"

小糖给沐夹了一块豆腐："沐，尝尝这个！"

"谢谢，真的很好吃！"

就这样，昏黄的烛光中，植安奎一个人背过身子，自己闭目养神起来。而其他的几位高高兴兴地又吃又笑，饱餐了一顿！

如果事情到此为止，那该多么温馨啊！

可惜这一天跟之前的某天实在是太像了……所以……后来发生的事情依次是：

晚饭后，小糖爷爷教嘟嘟和沐泡豆子、磨豆子，小糖在一旁帮忙。小糖爷爷夸奖嘟嘟能干："芳芳小姐，以后一定是个贤惠的妻子！"

"就算全世界的女生都死光了，我也不会要这种女生！哼！"植安奎愤愤地说。

造成小屋停电的植安奎不仅没有向大家道歉，反而拒绝参与任何合作。突然，他又哇哇大叫起来。

"怎么了？"听到植安奎的惊呼，其他四人赶紧冲过来。

天哪，原来是白蚁！密密麻麻的白蚁，爬满了半面墙壁，在月光的照耀下发出诡异的微光。

沐和嘟嘟也跟着一起尖叫起来。

"原来是老朋友来了，不要怕。雨后黄昏白蚁会成群结队地进室内，寻找它们的新家啦，我来收拾，一下就好了！哈哈！你们这些小姐少爷呀，一定没见过。木质的平房就会招惹这些虫子！"

几个毫无作为的家伙眼睁睁看着老人家忙里忙外地驱逐白蚁。

惊魂未定的他们，终于迎来了晚安时间。

"洗澡了哦！"小糖甜甜地笑着通知大家。

不过，这甜蜜的笑容背后，却是残酷的现实——洗澡要自己用水桶接水到小院洗，男女分批次来，先女生，后男生！

等到小糖和嘟嘟洗完去睡觉，沐也乖乖地入乡随俗，接水淋浴。最后，小糖的爷爷脱得精光："植少爷，我帮你搓背吧！不要害羞，把衣服脱光！大家都是男子汉，一起来吧！"

"不用了，我不洗！我刷个牙就睡觉好了。"

刷牙？小糖家里没有牙膏，只有清水加盐。

"什么都没有！这里是地球吗？"大魔王彻底绝望了。

好过分，校长奶奶又不许自己用魔术，不然还可以变出一个豪华的海景大别墅来。呃，比起惹恼奶奶，还是乖乖在这里受几天罪好了。于是，他蹲在房间一角画着圈圈，在难眠之夜中艰难地等待着黎明。

奎王子入住平民家的第一天就这样度过了。

溏心蛋与怪大叔

清晨的光照进了歪歪斜斜的海边小屋。

海潮声在宁静的早晨是如此清晰，海鸥的叫声也那么清脆。

嘟嘟从板床上爬了起来，啊，真是一个美好的早晨！

"吓，你这么早就起来了？杵在这里吓人！"嘟嘟被面前挂着黑眼圈的大魔王吓了一跳。

"臭丫头，是一直没睡，看不出来吗？"

"干吗不睡啊？"

"这是人睡的地方吗？"

"不睡？那就等着今天上课的时候没精打采，被老师报告给校长奶奶吧！"

"乌鸦嘴，你再敢讲！"

"嚯嚯嚯嚯！"嘟嘟穿着一双人字拖，啪嗒啪嗒从植安奎的身边绕了过去。

小糖、爷爷和沐也陆续起床了，完全没有注意到奎王子的无奈。

"爷爷给你们做荷包蛋吧！"

"嗯，好棒！"

荷包蛋很快就做好了。四个少年围坐一圈，像等着分鱼的小猫。

闻到甜甜的香气，奎王子看着圆圆的蛋，顾不得昨天不屑一顾的破旧搪瓷碗，直咽口水。

什么东西？好像还蛮好吃的样子？太饿了，不管了！

囫囵吞枣地下了肚，奎王子说："好吃！这是什么？"

"这个都不知道？没吃过吗？"嘟嘟咯咯咯地笑起来。

"很好笑啊？快说是什么？"

"这种食物叫溏心荷包蛋！"嘟嘟瞪了他一眼。

奎王子完全不顾大家惊讶的眼光，又一连吃了好几个。

"来，我的这份也给你好了！"沐把自己的碗也推到了他面前。

"少爷，你胃口真好啊！"

"爷爷，家里的蛋都被吃光了……"小糖抱着母鸡说。

"芳芳小姐，很抱歉，每天都是爷爷用他的自行车送我去码头，所以，您只有和两位少爷搭公交车了！记住整个上午只有这一班，千万不要错过了！到了码头我们会合后，再一起转乘渔船就可以到学校了。"小糖跳上爷爷的破旧自行车，挥手走远了。

"嗯，那你们路上小心！待会儿码头见！"嘟嘟也朝着小糖挥了挥手，回转身说，"喂，可以出发了！"

没有任何反应。

"可以出发了！不然我们赶不上唯一的公交车了！"嘟嘟嚷道。

还是没有反应！

转过身一看，植安奎这个家伙刚刚吃了8个蛋，现在趴在桌上一动不动地睡着了。

弯下腰仔细一看，大魔王密密的睫毛又翘又长。"我的天哪，这是长在男生脸上的睫毛吗？"嘟嘟一边歪着头凑近看，一边不满地说。

还有这蜜色的脸颊，无瑕的肌肤，完美的嘴唇——大魔王少爷平常一定很注重保养吧？有钱人家的男生居然可以比草根女生的皮肤好这么多！太过分了！

嘟嘟忍不住想伸手摸摸这洒着亮光的睫毛。手指接触的瞬间，大魔王突然睁开了双眼，正对上了嘟嘟的视线！

"你想干吗！臭丫头！拿开你的咸猪手啦！"

"咸猪手？想得美！出发了，这里到凤皇学院只有一班车，还需要转乘渔船。小糖会在码头那里等，我们要抓紧时间。"说完，嘟嘟完全不再理会他，径直冲出了小屋。

迎面却撞在一个人的怀里。

抬起头，是沐温柔的鸽子灰般的迷人双眼。"别着急，芳芳小姐，不会迟到的。"

嘟嘟赶紧埋下头去。心一下子怦怦跳得好厉害，怎么办？怎么办？怎么办？竟然撞到沐的怀里……

不管了，闭着眼睛往前冲！

嘟嘟一阵小跑，朝着公交车站奔去。大魔王少爷总是找自己麻烦，而沐……只要一和沐对视，自己心里就小鹿乱撞。呜呜呜呜，到底要怎么办嘛……嘟嘟一边纠结着，一边跑。

不一会儿工夫，那个家伙就嗡嗡地飞在了她的身边。植少爷因为拒绝洗澡和睡觉，还穿着昨天那身行头，斜挎着一个大得有点离奇的网格花纹挎包，学院制服就搭在包上，一边跑还一边飞起来的样子。嘟嘟再扭头一看，植的头上戴着耳机，脸上还是那副烧包的钻石大墨镜。

每当看到这副行头，嘟嘟就很是来气——"呀！狗屎，植安奎，你竟然踩到狗屎了！好臭！"这仿佛是给了植安奎当头一击，他立刻就开始号叫起来：

"真是恶心死了！这是什么鬼地方啊！这可恶的狗，为什么不关起来啊？放到大街上来拉屎！为什么没有仆人把狗屎捡走啊！欠揍！”

因为踩到狗屎影响了进度，很快沐也追了上来。三个人一起来到公交车站。

车站早已挤满了人，还有一大群鸭子嘎嘎直叫。各种装扮的乡下人，直愣愣地看着明显不属于这里的三人，小声地议论纷纷。

“真是少见的美少女和美少年啊！好高级的学院制服！”

“怎么会出现在我们这里呢？”

“会不会是私奔的情侣啊？”

“现在城里的小孩都早恋。”

“不过，这位小姐怎么会和两位少爷一起呢？”

“嘘，小声点，不要让他们听到了！”

泥土混杂着鸭子的臊气，伴随着沸沸扬扬的讨论和指指点点，嘟嘟终于忍无可忍了：“喂，你们说得那么大声，是人都听到了！我们不是你们想的那些，我们只是普通的同学，读同一所学校，一起去上学而已。”说完便皱着眉头，噘着嘴，冲出人群一个人坐到旁边的木椅上去了。

此刻的嘟嘟，小脸红彤彤的，仿佛是开在清早乡间的一朵小蔷薇，异常漂亮。善解人意的沐也坐到了嘟嘟身旁，安静地等着班车。而一直戴着耳机听音乐的大魔王，却一直浅笑着陶醉其中，没有半点反应。

三个少年这样待在海边小镇的画面多美好！。坐在木椅上的嘟嘟和沐、站在他们身后不远处的植——三人并不知道，还有怎样未知的命运之谜即将揭开。

突然，喀喀喀，一辆破旧的公交车缓缓开了过来，人群欢呼了。

“只有这一班车？”

“嗯。”嘟嘟用力地点了点头。

两位少爷垂着头，跟着嘟嘟上了车。

就这样满满的一车人，还有一车鸭，嘎嘎嘎地摇晃着出发了。车上人太多，嘟嘟用视线寻找着沐，却发现自己和大魔王被挤到了一起。两人就这样一脸黑线地相互靠着。

"爱拼才会赢……"司机一边掌控着方向盘，一边纵情豪爽地唱着，不少男性也跟着哼哼起来，最后变做了男子汉的大合唱。

嘟嘟继续一脸黑线。

"吵死了！"植安奎的暴吼声完全被司机的一个紧急刹车声压制住了，由于惯性，车厢后面的人全部往前倒，嘟嘟和大魔王被迫靠得更紧。不知哪里跑出来一只鸭子，还蹿上了大魔王少爷的肩头直啄他的高级墨镜上的大钻石！气得大魔王少爷只能赶紧收好墨镜，对着面前的嘟嘟干瞪眼，却换回了嘟嘟一个无邪的笑脸："气死你！"

很快到了下一站，涌上了更多的乘客。这下车厢里变成了人贴人，嘟嘟的脸被挤变形了，紧紧靠在大魔王少爷的胸口上。这下轮到植安奎低头对她露出无邪的笑脸了。嘟嘟气得直嘟嘴。

"我为什么这么命苦！"嘟嘟心想，"老天爷，为什么要这样惩罚我？为什么不是沐，偏偏让我靠着这个大魔王！"

看到眼前的女孩眼眶红红的，植安奎突然感到很不好意思。他下意识地用自己高高的肩背帮她支撑起一个小小的空间，好让她舒服一点。

嘟嘟松了口气，朝植安奎眨了眨眼睛。

植安奎也冲她眨了眨眼睛，忽地低下头，靠在她的耳边低语道："那个……"

嘟嘟仰头看着面前的少年，他怎么一副欲言又止的表情？

"那个……"

"啊？"

"那个……后面有色狼！在摸本少爷的屁股！帮我看看是谁……我要让他知道本少爷的厉害！"

嘟嘟踮起脚向后张望，立刻发现了可疑的对象：一个满脸横肉、厚唇、三白眼的中年男子，难道是漫画上常出现的那种赶公车的咸湿大叔？还碰上个极品啊！

"大叔，你很过分呢！"嘟嘟的话还没说完，植安奎已经快速地转过身，拧住了那只让人做噩梦的咸猪手，可他一看到那中年男子的长相就呕得放弃了发飙！

没想到怪大叔竟然得意地笑起来，对嘟嘟说："关你什么事，我又没对你怎么样！这位小哥都不在意！说不定他自己也……"

"呃……"嘟嘟无语了。

嘭的一声，嘟嘟只看到植安奎做了一个打响指的动作，那中年男人的衣服便立刻裂开脱落下来。挤在车厢人群中的怪大叔瞬间变得全身光溜溜的。

周围响起一片惊呼。

"这是给你的教训，怪大叔！以后请不要在公众场所猥亵美少年！"植冷冷地说。说完，他回头得意地看着惊叹不已的嘟嘟："不要忘了，本少爷可是顶级魔术师！哈哈哈！"

"原来这个人就是这段时间一直频繁出现在这班车上的变态佬！司机大哥，快把他送到警察局去，这人太可恶了！"周围的乘客议论起来。

汽车临时决定调头直接去警局。嘟嘟和植安奎只得下车，步行去码头，好在不远了。两个没有记性的家伙，因为怪大叔事件，完全忘记了可怜的沐还在车上。

跟随着唱歌的乡民和唱歌的鸭子，沐坐在拥挤的班车上渐渐远去……

"那个人的衣服为什么会自己破掉啊？你怎么做到的？好神奇啊！"嘟嘟还是忍不住好奇地问道。

"说了，你会懂吗？"骄傲的植安奎立刻恢复了王子的孤傲。

"哼，不说算了！"

两人一前一后地走着。

突然，嘟嘟看到植安奎的大包里掉出一个大大的卷心七彩棒棒糖。"哇，好大一个棒棒糖！哇，还是卷心七彩棒棒糖！好梦幻！要是把这个八卦卖给《凤凰八爪鱼》的狗仔记者，可以换多少钱呢？"嘟嘟一边流着哈喇子跟上去，一边精明地盘算着。

植安奎已经越走越远了，嘟嘟连忙蹦蹦跳跳地把卷心七彩棒棒糖拾了起来。

可那棒棒糖一到了嘟嘟手里，却变成了一顶大大的复活节草帽。帽子自己跃上了嘟嘟的头顶。

"啊！"嘟嘟快速地飞了起来，好像变成了一只小飞象一般，在云间嬉戏……可是，咦，等等！芳芳小姐的身体哪里去了？飘在空中的，是嘟嘟自己的身体……胖胖的身体悬在帽子底下，帽子开始呼哧呼哧喘起了粗气……一阵大风，帽子被刮走了，嘟嘟掉了下来……

"啊啊啊啊！不要啊……"嘟嘟一边往下掉，一边尖叫起来。

"喂，你走不走，不是说要抓紧时间吗？"植安奎那不耐烦的声音传来，正从云端坠落的嘟嘟觉得，这真是世界上最让人心安的声音……再定睛一看，自己原来稳稳地站在地上，正抓着一片树叶发呆！

不远处，植安奎正朝着码头走去。

双手揣在兜里的少年魔术师，一边走一边说："从小我就很好奇，为什么老爸拿在手中的扑克牌，可以突然间就不见了，可是一眨眼的工夫，它又回来了。因此我相信大自然有一种神奇的力量，它可以左右人的意志。"

嘟嘟赶紧跑了几步追上去。

植安奎还在自顾自地说着：

"稍大了些，老爸告诉我这不过是魔术。魔术和魔法不一样，因为魔术不能让人脱离现实，它远没有魔法那么神秘！那时候我开始系统地学习魔术，开始和老爸一起登台表演！12岁的时候因成功表演水牢脱逃术而获得了国际大奖。

"但这却不是我的最爱，我在表演的过程中，逐步体会到在魔术与魔法之间，存在着一种神奇的连接，那就是幻术。它可以使参与者在短暂的时间里失去意识，从而可以进入一个奇妙的世界——自己真正的内心世界。"

"所以我刚刚经历的，其实是你在变魔术？"

"嗯。也可以说，这是普通魔术师所无法达到的——幻术。只有像我这样的顶级魔术师才可以！"

"又开始臭屁。"嘟嘟白了植安奎一眼，不过马上又两个拳头碰在一起问，"你经常出国，是不是看到过雪？"

"干吗问这个？"

"因为我从来都没有看到过真正的雪，在这边根本就不会下雪呀。你可以用幻术变出雪吗？"

"小时候，奶奶住的地方，每年冬天都会下雪。所以圣诞节我都会去奶奶那里过。"

"哇！原来校长奶奶以前住在可以看到下雪的地方啊，好羡慕你有这样的奶奶！"

"可是五岁之前我都没有见过雪。可能运气不好吧。五岁那年的圣诞节，还是去奶奶家。很晚了，雪还没有下，我就睡了。半夜被奶奶小声叫醒，我走到窗边，看到外面下雪了。"

这个说话的人，是植安奎吗？

那单纯的眼神，还有完完全全沉浸在童年回忆的神态，一点都不像平时霸道讨厌的大魔王！

"五岁以前，我的梦想，就是看一场真正的雪。那一年的圣诞节，我真的看到了。整个世界好安静，只有白色的雪花，飞得到处都是。"

"我也好想看到下雪。"

"不一样的。幻术变出的雪花，永远不能代替真正的雪花。"

嘟嘟瞪大眼睛，不是不是不是……他一定不是植安奎，我一定还在刚才的幻觉里。植安奎那个大魔王怎么可能这么正经地说话？他为什么要对我说这些话？还有他那种认真的表情，大魔王可是从来没有露出过这种表情！

嘟嘟惊呆了。

植安奎低下头，说："算了，我说了很多奇怪的话吧？不要紧，你不理解也无所谓。"

"不，我知道你在说什么。我爸曾经告诉我：如果一个人的愿望足够强大，就可以改变风的方向、物体的大小，甚至天空的颜色。不相信的人之所以永远无法改变，是因为他们的愿望不够强大。"

植安奎停下了脚步，扭过脸来看着嘟嘟。

一只海鸟在湛蓝的天空划出一道漂亮的弧线，好像他嘴角扬起的弧度。

嘟嘟也站住了，看着矗立在眼前的逆光中的少年。

空气里是清晨大海的味道，少年魔术师的耳郭上有日光镀成的淡淡的金黄。

不知道为什么，这一刻就以这样奇怪的方式深深地印在了嘟嘟的大脑：海鸟飞行的痕迹、少年站立的姿势、大海的气息和植安奎那发着微光的耳郭。

"哈哈哈哈！"植安奎突然大笑起来。

"怎样？"

"刚才吓到你了吧？真好骗啊！随便胡扯几句就被唬得一愣一愣的！"植安奎摸着自己的头说。

"你！"嘟嘟双眼圆睁，这个讨厌的大魔王！讨厌！讨厌！讨厌啊！

旋　涡

凤皇学院，午餐时间。

由于校长奶奶早已经颁布了对王子的用餐等级新规定，所以巴比伦花园餐厅特别设置了"王子用餐区"。这个号称"餐厅中的餐厅"的凤皇学院史上最简陋的小餐厅，是由专业设计师团队走访了上百家平民餐厅后精心"复原"的。

今天，这里早已挤满了无数少女。听说学院两大王子从今天开始要在这个名为"无敌海景大排档"的用餐区进餐，少女们都非常激动。而临时布置出的餐区虽然看起来和小镇上的大排档没什么差别，但是拜《凤皇八爪鱼》的狗仔们所赐，闪光灯、反光板已经架得密密麻麻。所以这个餐区看起来……完全像是一个摄影棚嘛！

"王子的第一顿平民之餐，一定要上明天的头条！"这是狗仔们的共识。

小糖和嘟嘟坐到了餐区唯一的一张桌子前。植安奎呆呆地站着四处张望了一下，也只好坐了过来。闪光灯频闪，可是侍应生却还不出现。大魔王又开始不耐烦了。

"校长奶奶让你体验生活——现在好好体验哟！"嘟嘟得意地看着植。

咕——咕——

"哪里跳进来一只青蛙？不对……好像是……我的肚子？"嘟嘟下意识地摸摸肚子，啊，不争气的肚子开始发出饥饿警报了。

嘟嘟也加入翘首盼望侍应生的行列。

这时，周围探头探脑的女孩子中爆发出一阵惊呼声。

沐微笑着出现在众人眼前。

在学生制服外套着一件点心师傅白围兜的沐，真是太温柔了！呃，他怎么会现在才来……想起来了，因为怪大叔事件，和沐走散了……想到怪大叔事件，嘟嘟禁不住哈哈笑起来。

"傻笑什么？是不是想起了会飞的大象？"植安奎瞪了嘟嘟一眼，意味深长地威胁道。

嘟嘟像被噎到了一样，不敢笑了。

沐的手上端着两个心形的小礼盒，一个绑着精致的白色缎带，一个绑着粉红色缎带。他优雅地放到嘟嘟和小糖面前："给你们的。"

"谢谢，好漂亮啊！"两个女孩开心地接过礼物。

"不介意的话，请坐下来一起吃午餐吧！"

四个人围坐在一桌，两个王子各据一方，形成了一道炫目的风景线。所有少女的心都陶醉了，大家直直地看着各自欣赏的那个王子。这时，一个人艰难地扒开众人，好不容易走到了桌前。

他就是传说中的侍应生了！

侍应生浑身是汗，询问四人需要什么。

"我要一份鸭肝馅饼、普罗旺斯鱼汤，甜点要蛋白杏仁甜饼。饿死了，动作快点！"

"抱歉，植少爷，法式餐我们无敌海景大排档这边没有。"

"那要通心粉和白巧克力杏仁酸奶汁冰激凌好了，通心粉的番茄沙司里加白脱和帕美香起士。"

"抱歉，意式餐我们无敌海景大排档这边没有。"

"这么简陋的东西都没有？那要海鲜刺身食盒，芥末用奶奶从北海道带回来的那款。快点！本少爷要饿死了！"

"抱歉，日式餐我们无敌海景大排档这边没有。"

"鹅肝酱煎鲜贝？"

"没有。"

"黑森林火腿？"

"这个，抱歉，也没有。"

"什么都没有？我是走错地方了吗？"大魔王捶着桌子暴吼道。

被他那瞬间变身小恶魔的神情吓到，侍应生刚才的热汗都变作冷汗出了。可是最让侍应生内心受伤的是，周围的少女们还在议论着"好帅啊！""连生气的样子都那么帅！""不愧是王子！"

"听都没有听过的菜名，哪里会有啊？笨蛋！"嘟嘟心里直笑。

"那芳芳小姐，你先点吧！"沐微笑着缓和尴尬的气氛。

"嚯嚯嚯嚯！"嘟嘟捏得十根指头咔嚓咔嚓响，"看本小姐的！"

"卤肉饭！"

"抱歉，芳芳小姐，我们无敌海景大排档这边没有。"

"甜不辣！"

"抱歉，没有。"

"咸鱼蒸蛋！"

"抱歉，没有。"

"这个……这个可以有。"嘟嘟的笑僵硬在脸上，肚子一个劲咕咕叫。

"这个真没有。"

侍应生再次大汗淋漓，怎么今天的少爷小姐那么难伺候啊！早知道我就不和小四换班了，倒霉啊！

"哈哈哈！"植安奎突然大笑了起来，好像很是开心的样子。他情不自禁地点了点侍应生的翘鼻子，说道："我就说这算哪门子的餐厅嘛！那你就随便安排吧！"

最后，桌上摆出了四份蛋包饭配辣白菜。

"哇，看起来好好吃的样子！"对任何食物都不会拒绝的嘟嘟，看着面前的蛋包饭直流口水。

"没想到在凤皇学院也可以吃到蛋包饭！好幸福！"小糖也很开心。

"小糖，会不会从今天开始，蛋包饭在学院成为新的时尚？"嘟嘟问。

不用小糖回答，周围的少女们已经用实际行动证明了一切……巴比伦花园餐厅中已经开始弥漫起蛋包饭的味道。人手一份蛋包饭！

看着那些女孩子用崇拜的目光看着自己，又用满足的目光看着手中的蛋包饭，仿佛在说"我在和王子吃同样的食物"。植安奎从鼻子里哼出一句："无聊！"

结束蛋包饭午餐后，沐邀请嘟嘟和小糖拆开之前送给她们的礼物。

"这是用巧克力和低糖、低脂鲜奶油做成的蓝莓芝士蛋糕，蛋糕所使用的咖啡是加上皮耶特制的。由于它细腻香甜，入口即化，热量不高，深受女士欢迎。你们喜欢吗？"

"嗯！"两个女孩拼命点头。

"嗯，好漂亮，完全是一个艺术品嘛！"嘟嘟小心翼翼地捧着，生怕弄坏了一丁点儿。

"我的蛋糕上面有一朵咖啡做的玫瑰呢！"小糖惊喜地大叫，"你的那个上面好像还有一个小人儿！"

"哦，对耶！上面有个穿着裙子的小人儿！"嘟嘟兴奋地说。

"那是用糖果做的芳芳小姐！虽然不及芳芳小姐的百分之一漂亮！"

"是吗？给我看看像不像。"植安奎突然凑身过来，霸道地从嘟嘟手中夺过蛋糕，然后以迅雷不及掩耳的速度一口吃掉了上面的小人，"还是去掉这个好看点，哈哈哈哈。"

"啊，你这个大坏蛋！呜呜呜，我的蛋糕，赔给我！"嘟嘟的眼泪夺眶而出。

植安奎却开心地大笑不止。

男生就是这种奇怪的动物吧！明明心里开始关注某人，却偏偏要把人家捉弄哭才高兴。

下午4点。"梦境"的恒温泳池。

"老师，"小糖怯怯地举起手，"我，那个……"

"小糖同学今天不方便吗？"

小糖赶紧点了点头。

"那么你先去休息室吧。其他同学准备下水。"

嘟嘟朝小糖挤了挤眼睛——这个家伙，肯定是像上次那样，怕游泳才撒谎请假的。

穿过恒温游泳池通往植物室的圆形通道里，有个人静静地站着，正在看玻璃外的海鸥。

小糖看到这个背影，心跳骤然加快了。

她的手放在兜里，紧紧拽着那个东西。手心都浸出了一层细密的汗珠。

一步一步走向那人，心跳越来越快。

怦——怦怦——

好像整个通道里都是自己的心跳声。

看到玻璃上映现出了小糖的影子，站着的人回过身来。

取下耳机，温柔地一笑："小糖，你约我到这里来有什么事？"

褐色的头发，灰色的眼眸。沐，永远都那么温和的沐。小糖觉得自己什么都听不到了，只有轰隆隆的心跳声，像鱼群一样呼啦啦靠近，又游远……

沉默地站着，鼓起最大的勇气，把手伸了出来。小糖的手里，紧紧攥着一方手帕。

她把手帕递到沐的跟前。

"这个……这不是我的手帕吗？"沐接了过来。

小糖使劲儿地点了点头。

沐看着手里这方快要烂掉的手帕，上面有林家的标记，所以认得它。可是，这到底是怎么回事啊？

看着他一头雾水的表情，小糖问："你记得你曾经把它送给谁了吗？"

"送给谁了？"沐疑惑地反问。

"在春町……你转学去那里的时候……那一年夏天，你不记得了吗？"

沐抬头看了一会儿天空。"小糖同学，你在说什么？"他露出一个清浅的微笑。

小糖急了："你不记得那个哭泣的女孩子了？"

沐茫然地望着她。

"你……你怎么能够忘记？"因为着急，一层浅浅的绯红挂在了小糖的脸上。

两个人陷入了无言的尴尬之中。

小糖只听见自己的心跳声，怦——怦——怦——怦——

善解人意的沐看出来小糖的不知所措，摸出耳机，递了一只到小糖手里："要听歌吗？"

"啊？好。"

两个人一人塞了一只耳机，继续沉默着。

好在旋律响起，小糖觉得自己的心跳声也渐渐被淹没，恢复正常了。

高个子的沐，现在不得不弯下腰，趴在栏杆上。纤弱的女孩和高大的男孩，在蔚蓝的海水与天空的背景里好像一幅图画。

"沐，请你一定要记起那个女孩。因为，这对她很重要。"小糖看着窗外，小声地说。

女孩的左手，不知不觉地落在了男孩的右手上。

通道的尽头，是一个静默的人影。

她的眼里是不知所措的惊惶。

自己最好的朋友，和自己最喜欢的男生……在一起了？

嘟嘟转身跑走了。

因为怕小糖太孤单，嘟嘟一路找过来，没想到却看到这一幕。她为什么会从自己这里偷走手帕？她为什么会偷偷约沐见面？他们都说了些什么？

嘟嘟的心里很难过。不光是因为看到沐似乎有喜欢的女孩子了，还因为有一种被最好的朋友背叛的痛楚。

"这不是真的！"嘟嘟一边漫无目的地乱跑，一边泪水模糊了眼睛。

她一路跌跌撞撞地跑进恒温游泳池，却空无一人。已经下课了吗？

看着空荡荡的教室，嘟嘟放开声音大哭起来。

虽然心里很痛，很痛……但是，小糖和沐，我还是希望你们一定要幸福呀！

嘟嘟一边大哭，一边朝着高台走去。

好难过，真的好难过。可是，又觉得有一点点欣慰。小糖应该喜欢沐很久了吧？而且沐那样温柔的男生，和小糖真的很配。自己……自己过去没有勇气，现在也没有勇气，一直都没有勇气告诉沐，自己真实的心意。所以活该落到现在这个下场！

不知不觉，嘟嘟已经爬到了高台上。

脚下是一池碧水，可是眼泪已经让嘟嘟分不清它们到底离自己有多远了。

即使拥有了芳芳小姐的高贵的身份和美丽的外表，我的灵魂却还是一个丑小鸭，永远……永远也不可能幸福了。

嘟嘟绝望地想着。

她在哭声中呢喃地说了一句："可是，我至少有勇气去寻找真正的自己。"说完这句话，嘟嘟被自己吓了一跳。

"如果一个人的愿望足够强大，就可以改变风的方向、物体的大小，甚至天空的颜色。不相信的人之所以永远无法改变，是因为他们的愿望不够强大。"

爸爸的声音从海风中传来。

小嘟嘟趴在灰色灯塔的栏杆上，往下望着。

那个时候的大海，就像这一刻一样，仿佛一池碧蓝的珍宝。

"我还是没有拥有那种力量。我什么都不能改变。"想到这些日子以来自己所经历的一切，嘟嘟捂着脸，泪水从指缝中汹涌而出，"银色沙漏之约，只是让我越来越迷失，越来越找不到自己……"

有一种很痛很痛的感觉，从心底传来。

绝望和勇气，在嘟嘟的心房里扭打成一团。

原来，这就是心碎的感觉，再也看不清前方，嘟嘟突然失足从高高的跳台上坠落了下去……坠向那一汪碧蓝的池水。

她听见奇妙的声音从耳边掠过；她看见斑斓的色彩扑面而来，仿佛又一次坠落回了彩虹的中心，嘟嘟感到自己的身体从那赤橙黄绿青蓝紫的地方再次穿过了厚厚的云层和蔚蓝的海……只是，她能够清楚地感到，这是她自己，不再是住在别人身体中的灵魂……而是她自己！

似乎过了一段很漫长的时间。突然，水从四面八方涌来，温柔地包围了她。

嘟嘟开始下沉。

恒温游泳池中，有个苍白的女孩正在坠入绝望的谷底。

她紧闭着双眼，什么也看不见，什么也听不到。只是不断地下沉，下沉。黑色的头发好像大丽花一样绽放在池水中。

突然，一只手伸入水中，拦腰抱住了她。一点一点，把嘟嘟从水中提了起来。

嘟嘟感觉到黑暗中有一丝光线。越来越亮……自己似乎重新回到了世界。

嘟嘟睁开眼，明亮的房间，舒服的软床。这里竟然是……校医室？

"芳芳小姐，您醒了？"李医生欣喜地说。

接着是福特管家的大鼻子，看到这只大鼻子，嘟嘟的心里突然很踏实。

"小姐，太好了！您醒了！"

"我怎么会在这里？"

李医生说："有人把您放在校医室的门口，据我推测，您是在游泳的时候不慎被水呛着了。"

"小姐，您没事就好。您还需要多休息，我先回桃府处理一点家务。一小时后过来接您。"

目送福特管家走向门口，渐渐远去，突然嘟嘟耳边传来一个粗暴的声音："啊，好痛！"

嘟嘟扭头望去，看到李医生正在给一个龇牙咧嘴的家伙缠臂上的绷带。

大魔王！

他怎么会在这里？

哈哈哈，真是活该！

植安奎的右手打了石膏，缠着白色的绷带。

"什么狗屁医生，把本少爷弄得很痛啊！"植安奎在那里哇哇大叫。

"植少爷，请您忍耐一下。您因为提了重物导致手肘部位脱臼，所以需要固定啦！"李医生也因气氛感染，对着植哇哇大叫起来。

两个人在那里比画了半天，植安奎总算乖乖地缠好了绷带。

"这副样子怎么行？少女们看到我这样，心都要碎成一块一块的，到时候校医室会住满心碎的少女。"植安奎说。

"是是是，可是您到底提了什么重物啊？手变成这样，我都忍不住要心碎了。"李医生眯缝着眼睛，露出一个笑容，"植少爷，康复期间您一定要注意休息，不要乱动，不然会康复得很慢的。"说完，李医生匆匆走出了校医室。可能是不敢再看一眼怒气冲冲的某人吧。

这个人，真是在意自己的形象啊。因为缠上绷带不美观，所以连医生都要凶吗？

不过，老天有眼，大魔王居然右手脱臼变成这副德性！

嘟嘟想到这里，突然觉得心情大好。

"傻笑什么啊？臭丫头，你就是那个重物啦！"在只剩下两个人的房间里，植安奎的声音特别清晰。

"什么？"

"笨蛋。下次再爬那么高往下跳，拜托先减减肥。"植安奎朝自己挂在身前的右臂努努嘴。

嘟嘟惨叫一声，赶紧一手护胸，一手掀开被子。

啊，还好，身上还是自己那件衣服。

"不要紧张，本少爷只是对你做了人工呼吸，别的可什么都没干。"

"人人人人……人工呼吸！"嘟嘟大叫。

"不用客气。虽然我也不想对着河马的嘴巴吹气。"

黑线……无数的黑线从嘟嘟脸上爬过。

"你怎么会在那里？明明都下课了，没有人啊。"

"可是某人哭得跟河马打呼噜一样大声，本少爷听到了实在很不耐烦。"

"你！"

"不要吵……"植安奎突然想起了什么，陷入了沉思。

嘟嘟听见他自言自语地说："这个笨蛋落水的时候，水池里为什么会出现一个巨大的彩虹旋涡呢？"

第8章
触不到的恋人

 听见命运的咔嗒声

 "桃"脱术

银色沙漏开始逆流：谜语 II

【出场人物】

蓝嘟嘟，桃芳琪，植安奎，
小糖，沐，女巫

【特别道具】

银色沙漏

听见命运的咔嗒声

凤凰学院的冷饮店里，嘟嘟正一口一口吸着黑森林奶冻，双眼茫然地看着窗外。

已经是深秋了啊。

可是海岛上的深秋和春天并没有多大不同——不同的只是这里的深秋总是刮起巨大的风。

学院里挂满了植安奎的招贴，他又要去世界各地巡回表演魔术了。大风吹过来的时候，招贴会像波浪一样鼓动起伏，平面招贴上的大魔王的脸仿佛就露出了一丝笑意。

每当有风吹过，他就微笑一次。霸道的大魔王只有变成不能开口也不能动手的招贴画才有这样可爱的时候吧！

"傻笑什么啊？臭丫头，你就是那个重物啦！"

"笨蛋。下次再爬那么高往下跳，拜托先减减肥。"

"不要紧张，本少爷只是对你做了人工呼吸，别的可什么都没干哦。"

"可是某人哭得跟河马打呼噜一样大声，本少爷听到了实在很不耐烦。"

嘟嘟脑海里浮现出校医室里的那一幕。不知道为什么，正发呆的女孩脸上也浮起了一抹被风吹过似的笑意。

突然，嘟嘟怔住了。

面前的窗玻璃上，映现出了另一张脸——

不是桃芳琪小姐的脸，也不是她自己的脸，而是彩虹之穹的女巫的脸！

玻璃上的女巫伸出食指放在唇边，示意嘟嘟不要惊慌。

她用一种只有嘟嘟能听见的声音说："进展如何啊，臭丫头？"

嘟嘟凑近窗户，小声说："大婶啊，我不玩了。我要毁约！"

"在我的菜单上有三条腿的蛤蟆、四条腿的画眉、五条腿的章鱼和六条腿的猫——但就是没有'毁约'。"

"大婶，求求你，我现在不稀罕什么美貌和出身，你让我变回原来的自己吧。好不好？"嘟嘟露出一个装可爱的表情。

"原来的自己？你怎么知道真正的你是什么样子呢？"

"我……"

"完不成我们王子的心愿，你以为你真的能够变回真正的自己吗？你只会变成清晨海上的泡沫……"女巫翻了个白眼。

"抄袭安徒生是不对的，再说您也没有海女巫那么丑。您不是世界上最最漂亮、最最善良的女巫吗？"

"哈哈哈哈！遇到一个会跟我讨价还价的丫头，还真是有趣啊！别忘了你的姓氏还在我手里。你没有和我讨价还价的资本。"

"行行好啦，大美女！"

"叫大美女也没用。"

"大大美女！"

"我晕！"

"彩虹之穹王子的愿望根本就是矛盾的啦！实现了他的愿望，桃芳琪小姐的身份和美貌就不属于我了，到时候大婶你也完不成契约。不如咱们先私了？"

"银色沙漏里的星星沙不多了，臭丫头。你的时间快用完了。没想到你那么笨，到现在还没搞清楚状况……"

嘟嘟的眼睛里瞬间飚出好多好多眼泪，简直……是泪如井喷啊！

"大婶！"她拍着窗户声嘶力竭地喊，"不要啊！怎么会这样？不可以这么欺负人的啊！"

可是，在她的拍打之下，玻璃里的女巫越来越模糊、越来越淡……最后，消失了。

冷饮室里的同学们一个个目瞪口呆地看着突然抓狂的"芳芳小姐"。闻讯而来的《凤凰八爪鱼》记者何雅斯兴奋地抓起嘟嘟的手，用热切的眼神注视着她，问道：

"芳芳小姐，您是在学院两大王子之间纠结不定吗？温柔的沐和帅气的植，真的是让好多少女都难定芳心呢！"

"滚开啦！"嘟嘟伸出"五指山"，大力推开何雅斯，一边飙泪一边飞奔出了冷饮室。

她的脑子里不断有个声音在碎碎念：

银色沙漏之约就要终结了，可是我还没有实现彩虹之穹王子的愿望，老天爷啊——

独自在海边沙滩上画着圈圈，嘟嘟心乱如麻。

一只手搭在了她的肩上。

回头，是小糖关切的眼神。

嘟嘟扭过头，气鼓鼓地不说话。

"嘟嘟，你怎么了？"小糖问。

怎么了？你自己不是该最清楚吗？——嘟嘟狠狠地在沙里戳了两下。

"嘟嘟，有件事我要告诉你。但是，你要有心理准备……"小糖欲言又止。

"我已经知道了。"

"你已经知道了？"小糖的声音有些吃惊，她迟疑了一下，接着问，"是沐告诉你的吗？"

嘟嘟没有说话。

瘦弱的小糖伸出双臂，把嘟嘟圈在里面。

小糖的额头顶着嘟嘟的额头——像两个女孩儿过去常做的那样。

嘟嘟愣了愣，没有动。

"嘟嘟，别灰心，"小糖说，"我们一定可以想出其他办法的。虽然沐不记得你了，但是一定还会有其他办法的。"

"你……说什么？"

小糖想起了什么似的，从兜里掏出了一块手绢。她把手绢放进嘟嘟的手里，双手握住嘟嘟拿手绢的手。

小糖说："嘟嘟，对不起。我偷偷拿走了手绢。我本来以为，沐是你唯一的希望——他可能是最后一个还记得你真正身份的人。可是，我拿着手绢去问他时，他却什么都不记得了。嘟嘟，对不起。我也不知道结果会这样……"

"小糖……你偷走手绢，就是为了去问沐这件事？"

"嗯。对不起，嘟嘟。对不起……沐也不记得你了。怎么会这样呢……"

"小糖！"嘟嘟突然哇的一声大哭起来。她抱着小糖的胳膊，哭得好伤心。

原来，原来自己错怪了最好的朋友！小糖并不是背叛了自己……小糖一直在帮自己！

"嘟嘟，别难过，"小糖不知道嘟嘟到底为什么哭，一个劲儿地拍着嘟嘟的背说，"一定有办法的，一定还有别的办法的！"

哭了半天，嘟嘟抬起头看着小糖。她抽泣着，一个字一个字地说：
"小糖，如果我不能找回真正的自己了，至少在这个世界里，我还有你
这样的好朋友！"

如洗的晴空下，凤凰岛的最南端，两个小小的人影肩并肩坐在一起，好
像两只看不出任何分别的小蚂蚁。

小糖告诉嘟嘟，沐记不起春町的那个她。

银色沙漏里的星星沙就要流光了……可是一切好像又重新回到了原
点。新的线索全都是坏消息，到底应该怎么办呢？

飞扬的大风吹起了嘟嘟的头发。站在凤凰岛悬崖边的女孩一时间看
不清前路。

啪！

"啊！什么啊？"一张纸拍到了嘟嘟脸上。

伸手扯下来一看，"奎王子的魔术秀：世界巡回表演"——不是大魔
王的招贴吗？

嘟嘟随手扔掉了。

走了几步，啪！

招贴又拍在了她脸上。

"好讨厌啊！"嘟嘟生气地把招贴扯下来，再次扔掉。

这个时候，天空中传来一阵咔嗒咔嗒的声音。

又一阵风……巨大的风……

招贴画不偏不倚，正好飞到嘟嘟脸上。

咔嗒咔嗒……她仿佛听到了风中传来命运的感召——

终于，嘟嘟让招贴在手里多停留了三秒钟。

宝贵的三秒钟！

"呃，等一下！"嘟嘟看着手里的招贴说，"啊！我知道了……"

说完，一溜烟跑远了。

"桃"脱术

少年魔术师植安奎，12岁即成功表演水牢逃脱，并因此获国际大奖。

望着海报上的这行字，嘟嘟露出一个意味深长的笑容。

再过两周，那个世界巡回演出了一圈的大魔王就要回凤皇学院来了。虽然已经见识过他糟糕的空中飞行（嘟嘟人生的改变就是自被从天而降的大魔王砸到开始的）、见识过他在新学期时候的亮相（变了好多好多葵花出来的自恋狂）、见识过他霸道的读心术（嘟嘟一直比较纠结植安奎可以看到自己"本尊"的这个问题）、见识过他高明的幻术（那次一同上学时，嘟嘟成了小飞象）……但是，这个家伙不是一直吹嘘自己最拿手的表演就是"水牢逃脱"吗？嘟嘟心里有了一个计划。

最近学院里弥漫着一种亢奋的气氛。到处都是"王子归来"这样的标语和海报。"奎王子即将结束世界巡回演出，在凤皇学院奉上终极魔术表演"的消息也在师生间传播。

嘟嘟觉得，自己这段时间都是在土星上过的——因为这是最难熬的两个星期，时间过得那么那么那么那么慢。自从上次校长奶奶让植、林、桃三家的孩子去小糖家"体验"之后，四人之间的感情起了微妙的变化。体验计划一结束，植安奎竟然乖乖搬回了桃家。只是，大魔王的本性还是没变。

早上起床的时候看不到那张臭脸，嘟嘟觉得在一天刚开始时就好像少了点什么。

中午吃饭的时候听不到有人恶狠狠地嚷"快点！本少爷要饿死了！"嘟嘟觉得肚子饱饱的，好像什么都吃不下。

晚上嘟嘟总是睡不着，爬起来看天，深邃的夜空和闪耀的群星，就好像某人的眼睛。

总而言之，没有某个恶少存在的和平时空，却让嘟嘟觉得处处都不习惯。

深秋的夜晚，风里有股凉意。

嘟嘟拉了拉被角，缩起了整个身体。啊，这种姿势最舒服了。好有安全感啊……可是，心里却好像缺少了什么。

"喵——"

院子里传来一声猫叫。

是那只黑猫吗？它不是跟小糖和小糖爷爷住在一起吗？

嘟嘟担心地爬起身，轻轻走到窗前。拉开窗帘，院子里一席白光。揉揉眼睛，哪里有什么黑猫的影子……再一看，天啊！那是一院子的白雪！细小的雪花正从天空中落下来！那些纷纷扬扬的雪花从暗处落到明处，好像万千的银白小鱼游动着，汇入白色的港湾。

这是嘟嘟平生第一次见到雪！

她瞪大眼睛看着这一切，太不可思议了！

嘟嘟觉得自己就好像置身在一个巨大的沙漏中，银色的星星沙就在自己身边徐徐地落下……她伸出手，一粒飞舞的雪花就落到了她的手上，暖暖的。

奇怪，怎么会有热的雪？

难道是……

嘟嘟转身冲出了房门，一路跌跌撞撞，跑到了桃府的大门。

门开着，在飞扬的白色雪花里，她看到了归来的王子。

夜空下，植安奎站在一片银白的雪地里，脸上带着笑。

少年魔术师伸出的手掌上，银白的光芒闪动，千万粒雪花自他的手心飞出，冲上天际，又徐徐落下，停在嘟嘟的发梢。

不知道为什么，在这温热的雪花中，嘟嘟觉得自己的眼角也热了湿了。

"笨蛋，"植安奎咧嘴一笑，伸手摸了摸嘟嘟的头，"这么久不见，还是那么好骗啊！哈哈哈哈哈！"

"什么？啊！大魔王！好讨厌！"

"吵什么吵，还不快叫人来帮本少爷提行李，重死了啦！"

凤皇学院，巴比伦花园餐厅。

啪！有人恶狠狠地扔了一本《凤皇八爪鱼》在嘟嘟面前。

正在和沐、小糖一起谈笑风生的嘟嘟抬起头来，看到一张怒气冲冲的脸。

"有没有搞错，你居然要挑战本世纪顶级魔术师——我?!"

嘟嘟点点头。

沐和小糖吃惊地瞪着面前表情各异的两个人。

小糖："嘟……芳芳小姐，不会吧？你要挑战植少爷的魔术？还是捡块豆腐撞死比较容易哟。"

沐："植，用不着这么生气嘛，芳芳小姐一定是跟你开玩笑的。"

"开什么玩笑啊，"植安奎的视线还是停在嘟嘟那张满是无辜的脸上，他咆哮着说，"那个魔术很危险，我不同意！"

"某人不是说自己的拿手好戏就是'水牢逃脱'吗？有本事装进玻璃

箱子的不是你，而是——我！"

"芳芳小姐，别乱来啊……"小糖被嘟嘟脸上认真的表情吓住了。

"我可没有乱来哦，反正《凤凰八爪鱼》都登了，全校都知道啦，大魔王，你就应战吧！"说完，嘟嘟还夸张地拿手指点了点印着时间的那行字。

嘟嘟一定是脑袋发烧了，想出来"把你关进玻璃箱子丢到'梦境'游泳池底，我在六十秒内救你出去"的蠢主意，现在反而一副事不关己的样子……拜托，到时候被关在水下的可是肉体凡胎的嘟嘟你呀！

奎王子一回来，就和桃大小姐势如水火，整个凤凰学院从老师到学生，都处于一种兴奋的观望之中。这两大家族的继承人表面上一直都不对盘，这次大家都等着看有什么好戏会上演。

从这一天开始接下来的日子里，不管植、沐、桃、糖四个人走到哪里，哪里就有人对着他们指指点点，窃窃私语。每当这时，嘟嘟就会捂着嘴偷笑，而不堪骚扰的大魔王就会丢下三人暴走掉。

这一天终于到了。

天是那么蓝，云是那么白。

植安奎一路上都觉得今天的凤凰学院好像有点不对劲。是啊，天还是一样的蓝，云还是一样的白，深秋的海风还是一样的凉。对了，不一样的地方在于，他不是走到哪里都被人簇拥着……没有闪光灯、麦克风、少女的尖叫……

"怎么回事？今天好像有点不一样。"植安奎怀着这种异样的感觉，推开了"梦境"游泳池的大门，"难道那些家伙准备给本少爷一个惊喜？"

游泳池里一池碧水，空无一人。

"人都到哪里去了？"植安奎把手揣进裤兜，百思不得其解。

嘎吱……嘎吱……

什么声音？抬头一看，植安奎顿时满脸怒气："搞什么啊？笨蛋！大河马，快给我下来！"

游泳池的顶部吊下了一个公共电话亭大小的玻璃箱子，嘟嘟站在箱子里，穿着一身淡蓝色的小纱裙，正开心地朝着下面的植安奎挥手："没有人会来啦！给你看的那份《凤凰八爪鱼》是假的……其他人手里的那份，我已经拜托何雅斯，让她'公布'沐和小糖之间有暧昧。说沐要在今天这一刻亲手制作甜点，向小糖表白。"

"可恶，竟敢戏弄本少爷！"

"如果不这样做，骄傲的魔术师又怎么肯就范呢？一想到全校师生都在关注这场'桃'脱术，你一定不会不来。"

"那两个家伙居然会帮你这个笨蛋！"植安奎气得大吼，"你发什么神经啊，这样很危险你知不知道？"

"没办法，谁让你是世界上仅有的三个能够看到真正的我的人之一呢。可是跟你在一起要想不被别人看到，真是太难了。大魔王，你的粉丝到处都是，真是让人不省心呢。我只好请沐和小糖帮忙，转移他们的注意力啦！而且，你说过这个游泳池曾经出现过巨大的彩虹旋涡。我需要你帮我找到密道……这就好像领悟某种魔术机关……幻术罩门之类……总之，我很看好你哟！"

"你！"

嘎吱……嘎吱……

吊着玻璃箱子的绳子晃晃悠悠，装着嘟嘟的那个箱子也在空中晃来荡去。

嘎吱……嘎吱……

绳子一点点放长，玻璃箱子载着嘟嘟一点点下降，离水面越来越近。

嘎吱……嘎吱……

不等植安奎反应过来，玻璃箱子就从空中坠进了游泳池。

只听见砰的一声闷响，但箱子并没有碎开，而是结结实实地沉到了游泳池底部。

植安奎衣服也来不及脱，纵身跳进了水里。他潜到了池底，发现箱子倒在那里，正在进水。

水进得很快，嘟嘟着急地拍打着玻璃，几下就被水淹没了。

"笨蛋！"植安奎心里说。

湛蓝的池水在少年魔术师和玻璃箱子上映射出一道道波光，如果有人有幸看到这一幕，那一定很美。只是这时候植安奎绝望地发现箱子上居然有很多锁……他来不及数到底有几把锁，立刻动手打开了第一把锁，接着，是第二把，第三把……

他自己曾经在这样的境地里经历过太多太多次，从不慌乱，每次都以全身而退完美谢幕。可是这一回，他像毫无章法的普通人，不再是那个骄傲的魔术师。他不知道一共有多少把锁，只能疯狂地一把一把开着……

玻璃箱子里的那个蔷薇少女被湛蓝的水包围，渐渐不再动弹，好像融化进了水里。她蓝色的纱裙轻扬，白皙的面孔在黑色的发丝间若隐若现。

植安奎的手开始发抖。那些锁，好像他一辈子都无法开完……如果他曾经渴望过什么终极魔术，那一定是这一刻，把玻璃箱子外的人换成她，而玻璃箱子里的人是自己……

"笨蛋！"他听到自己心里这样喊。

笨蛋，你会没事的……因为，我是本世纪顶级的魔术师。

游泳池的底部中心，起了小小的变化。一个手指般粗细的旋涡正悄然旋转起来。越来越大，越来越大……最后，变成一个巨大的旋涡，吞没了玻璃箱子、箱子里的少女和死死抓住箱子的少年魔术师。

一只黑猫出现在游泳池边，望着他们消失的那个黑洞，眨了眨眼睛。

银色沙漏开始逆流：谜语 II

海浪涌上沙滩，又徐徐地退去。

一只白色的海鸟飞来，啄走了一只小蟹。

不远处，植安奎浑身湿透地趴在一个晶莹剔透的玻璃箱子上，渐渐回过神来。箱子里的水已经流尽了，他灵巧的手指一碰，最后一把锁也应声落地。

植安奎半跪在湿软的沙滩上，俯身打开玻璃箱子，把嘟嘟抱了出来，放在沙滩上。

嘟嘟觉得自己身处一片黑暗混沌之中，什么都看不见，一丝光也没有。突然，头顶的天空中传来了一声震耳欲聋的"喂！笨蛋！醒一醒！"——天幕裂开了，光线哗地流泻进了整个世界。

她睁开眼，看到植安奎的那张脸。

嘟嘟呛出一口水，接着笑了起来。

"笑什么啊？"植安奎咆哮。

"某人好像哭过哦。"

"想死啊！乱讲话！"植安奎的脸居然红了。不知道是不是因为太生气上火了……

"这是哪里啊？"他四处打量了一下，摸摸头说。

嘟嘟也四处打量了一下，猛地跳了起来："哈哈哈哈哈哈哈！"

"一时疯一时傻的，大河马，你在高兴什么？"

"我成功了！我成功了！我找到了密道！我找到了郁金香岛！"

"什……什么密道？什么郁金香岛？什么乱七八糟的啊？"

"等有空了再讲给你听，"嘟嘟拉起植安奎的手，朝着远处的一个屋子跑去，"走，带你去认识彩虹之穹的王子！"

进了海边小屋，却没有看到琉。

嘟嘟四下寻找，植安奎则很傻地翻箱倒柜。翻了一会儿，他手里举起一张画："咦，这是谁？"

嘟嘟一看，那不是琉的画稿吗？画上的芳芳小姐脸上挂着一抹纯净的微笑。

"你看不出来这是谁？"嘟嘟问植安奎。

"看得出来还用问吗？笨蛋！"植安奎不满地答道。接着，他愣住了。因为他发现了更多的画……从找到第一张画的地方，一直延伸到了地上、墙上、桌子上、小屋外……他把这些画一张一张地拾起来，就走出了小屋，来到屋后。屋后的沙地上仍然摆着许许多多的画。

嘟嘟跟了过来，傻傻地看着这一切。

"王子不见了，"她说，"他去了哪里呢？"

自从与女巫定下了银色沙漏之约，她的奇幻人生就开场了。而至今能够看到嘟嘟真身的人只有三个：女巫，琉，植安奎。

这到底是怎么回事？那魔咒一样的契约又该怎么解除呢……

一个又一个的谜语，随着嘟嘟找到通往这座郁金香岛屿的密道，似乎正在揭开最后的谜底……黑猫是怎么回事？消失的自己去了哪里？彩虹之穹王子的愿望到底是什么?

"那边好像有个人。"植安奎戳戳嘟嘟的肩膀,指了指远处。

画稿一直铺到很远很远的地方,一个人影渐行渐远。

嘟嘟跑了过去。

啊,真的是琉!

可是,他的双眼里只剩下忧伤和空洞,他完全看不见嘟嘟。

"琉,是我!"嘟嘟大声跟他打招呼。

琉仍然不理睬她。

怎么回事?

"他的眼睛瞎了,耳朵也听不见了。"一个声音叹息着说道。

嘟嘟一扭头,是女巫大婶!

"发生了什么?快告诉我这是怎么回事!"

"银色沙漏里的星星沙就要流光了。你却还没有实现我们彩虹之穹王子殿下的愿望。可惜啊,可惜⋯⋯"女巫摇摇头。

"不是这样的!只要星星沙没有流光,就有机会。快告诉我,琉怎么变成了这样,我要怎么做才能帮他?"

"这个就说来话长了,"女巫看了一眼还在漫无目的地行走在沙滩上的琉说,"很久很久以前,殿下爱上了一位美丽的公主。公主从七岁到十七岁,每年都要坐船到郁金香岛上来看他。可是这样的好景只持续了十年。十七岁那年,公主在乘船来的途中,遭遇了海难。从此,他就一直沉浸在悲痛的思念之中。"

触不到的恋人⋯⋯彩虹之穹王子触不到的恋人,原来是这么凄婉的一个故事。

"你或许已经猜到了,郁金香岛是一座干净的灵魂寄居之岛。公主的灵魂葬身在这片茫茫大海之中,她的身躯却还在世——那就是桃芳琪小姐。我试着从海里找回她的灵魂,而与此同时,又要让她的身躯不至于成为一具行尸走肉。所以我选中了你,来缔结这个银色沙漏之约⋯⋯

因为身躯保管灵魂的时间是有限的，而琉也因为悲痛过度，坚持不了多久了。现在摆在你面前的，有两个选择：让出桃芳琪小姐的身躯，因为我已经找回了她的灵魂，从此以后桃芳琪小姐就可以和琉在郁金香岛上过着王子公主的幸福生活；或者，你仍然占据着这具身躯，但是你必须要放弃自己的灵魂，而像桃芳琪一样活着……如果你把这具美丽的身躯让给桃芳琪小姐的灵魂，那么你就将变回原来的那个又胖又穷的自己，之前经历的一切只是一场华丽的梦幻；如果你还要寄居在桃芳琪小姐的躯体里，那么你自己的灵魂就将化为海上的泡沫……"

"什么灵魂、躯体、海上的泡沫啊？这个女人到底在说什么？"植安奎不知道什么时候跑来了，听完刚才女巫弯弯绕的一大堆，不解地问嘟嘟。

女巫完全无视这个突然冒出来的人，继续对嘟嘟说："这是真的。你想想，郁金香岛上为什么一直只有琉一个人？因为我之前找到的女孩子都没有能够完成银色沙漏之约，自私地选择了继续寄居在桃芳琪小姐的躯体里。所以，在那些女孩子做完选择之后，她们自己原本的灵魂就都变成了海上的泡沫。"

嘟嘟看着女巫，女巫的脸上浮现出诡异的笑容。

而琉那孤单干净的背影，嘟嘟又不忍心再看。

她低下头想了一会儿，说："你只是利用了我住进芳芳小姐的身体，等着你找到她的灵魂。大婶，你太不诚信了！"

"不管你怎么说都行。反正星星沙已经快要流尽了。你做选择的时间不多了。快作出你的选择吧：想要公主的美貌和出身，自己的灵魂就会变成海上的泡沫；想要找回真实的自己，就要回到原来那个又胖又穷的躯体里去。"

"大婶，你这明明就是耍赖嘛，还说什么银色沙漏之约，其实一开始就是一个美丽的骗局。你让我拥有了美貌和出身，却藏起了我的名字，让我找不到真实的自己。现在，你还要逼我在真实的灵魂和公主的身份之间选择……这就是你整个的计划吗？为了实现彩虹之穹王子的愿望，找一个又胖又穷的女孩来任你摆布，生吞活剥吗？"

"跟那个臭女人废什么话？"植安奎不耐烦地拉起嘟嘟的手，"走啦！回家！"

"不做选择，你们是无法离开郁金香岛的。"

嘟嘟惨叫："啊，连密道也是骗局！用密道骗我来到这里……大婶，我服了你。"

"为了王子殿下，我只能这样做。"

"可是……"嘟嘟朝琇的方向看了一眼。他还在沙滩上走走停停，桃芳琪小姐的画像被风吹得一片凌乱。

想要拥有公主的身份，就要放弃自己的灵魂；想要找回真实的自己，就要放弃公主的身份。

这真是一个残酷的选择。

几个月前的那个晚上，神秘的黑猫指引着嘟嘟来到井边。

嘟嘟探出半个身子，却在井水中看到了自己。

——那个胖胖的自己。

"你不要我了？"倒影问道。

"我……"嘟嘟答不上来。

"你不要我了。你还没有真正明白，肥胖、贫穷、美丽、富有……那些表象毫无意义。它们不是真正的你。去找到真正的你吧。等到那个时候，我再回来问你同样的问题。"

从此之后，嘟嘟就发现自己就像幅黑白素描，正被神秘力量用橡皮擦从这个世界悄悄擦掉。

那一次，是她自己选择了放弃真实的自己。

而这一次……嘟嘟应该怎么选择呢？

做一个公主，和忧郁的花样王子住在郁金香岛上——却要放弃自己的灵魂？还是做回原来的那个自己，让一切都不曾改变——可是，现在的她又怎么可能回到从前呢？

嘟嘟迟疑着。

"笨蛋，还在那里犹豫什么啊！"植安奎伸出两只有力的大手，箍住嘟嘟的肩膀，"这样的你就很好啊！"

"这……这样的我？"

"是啊，大河马。倔强又不肯认输，胆小又偶尔充满勇气，胖嘟嘟的很可爱！这样的你就很好啊！"

嘟嘟的眼睛被什么东西模糊了。

是眼泪吧……

她可以忍受大魔王的霸道讨厌，忍受他的刻薄刁钻，就是不能忍受大魔王一本正经地说话。

从前，植安奎对她说过："不一样的。幻术变出的雪花，永远不能代替真正的雪花。"

他后来又低下头，说："算了，我说了很多奇怪的话吧？不要紧，你不理解也无所谓。"

"不，我知道你在说什么。我爸曾经告诉我：如果一个人的愿望足够强大，就可以改变风的方向、物体的大小，甚至天空的颜色。不相信的人之所以永远无法改变，是因为他们的愿望不够强大。"

植安奎停下了脚步，扭过脸来看着嘟嘟。

一只海鸟在湛蓝的天空划出一道漂亮的弧线，好像他嘴角扬起的弧度。

嘟嘟也站住了，看着逆光中矗立的少年。

空气里是清晨大海的味道，少年魔术师的耳郭上有日光镀成的淡淡的金黄。

就是这个人，去世界各地巡回表演他的魔术，然后突然在一个夜晚回来了。他伸出手掌，带给她一世界的白色雪花。

就是这个人，是除了女巫和琉之外，能看到真实的嘟嘟的人。

现在，他居然对她说"这样的你就很好啊！"

嘟嘟的眼泪很不争气地从眼眶中汹涌而出。晴天之下的郁金香岛就像隔了一层水幕，变得模糊。

而面前站立的那个少年魔术师，却让她感到了温暖。

"星星沙流光了，时间到。"女巫说，"现在，做出你的选择吧。"

嘟嘟抬起胖胖的手，擦干脸上的泪，她说："我一直在寻找自己，却一直不肯承认。现在，我要作出我的选择：做回我自己。"

宝蓝色的星星沙从郁金香岛的中心喷发了。好似那是一座深埋海底的活火山，只是没有滚烫赤红的熔岩，而是银亮的五芒星。

每一粒星星沙就是一粒小小的五芒星，它们朝着天空喷出，又纷纷扬扬地落下来。那些闪耀着光芒的小沙粒全都汇入了嘟嘟的前额。

那里，一个五芒星的形状似隐似现。

银色沙漏之约解除了。

嘟嘟又回到了从前——

黑猫现身了。

"我的小公主夏薇薇，"黑猫蹲在一座女神雕塑的肩上，居高临下地望着嘟嘟，"你好啊。"

银色的月光下，嘟嘟看清——正是收到入学请柬的那个夏夜，在春町遇到的那只黑猫。黑猫油亮的毛皮泛着诡异的光泽，金色的瞳仁魅惑地瞪了嘟嘟一眼。

它的眼神，有种熟悉的感觉。

嘟嘟四下一看，突然发现，自己正置身于春町的街道！而夜色中宁静的街道上，也正弥漫着一股炸面鱼的味道……难道一切都回到了从前？难道现在的自己正置身那个改变自己人生的夜晚？难道有什么魔法扭转了时空？

黑猫眯缝着眼睛，缓缓地开口道："从前有个魔法国度，叫作彩虹之穹。这个国家的国王有个最小的女儿名叫夏薇薇，非常淘气。随着她逐渐长大，到她十六岁那年，已经任性得整个王国都没有一个人可以忍受她。国王非常头痛，于是决定让小公主经历一场魔法历练。

"国王有一个女仆，是个很有名的女巫。这个女巫跟了国王几百年，从国王还是小王子的时候她就跟着他了。国王找来女巫，让她想想办法。女巫说：'王子殿下，为什么不让我试试抹去小公主的记忆呢？'国王说：'不行。幻术永远不能替代真实。得想一个办法，让她自己去经历一切，一点一点改变'。

"于是，女巫想出了一个办法。她抹去了公主十六岁以前的记忆，给她注入了一种新的记忆，把她丢到一个不存在的时空里，用幻术维系着那里的一切。这个地方，叫作春町。

"小公主带着新的记忆，开始了寻找自我的历练。女巫与她缔结了'银色沙漏之约'，其实只是引导她一步步找到真正的自己，同时，也远离过去那个任性的自己。"

黑猫说到这里，停顿了一下，看着嘟嘟。

谜底正在揭开，而嘟嘟还需要时间来消化这一切。

嘟嘟问："你为什么总叫我小公主夏薇薇？"

黑猫理了理前爪的毛说："因为这才是你的真名啊。你在虚幻的时空里完成了历练，做出了正确的选择，你现在找回了自己，也找回了自己的真名实姓。"

"那么，我是……"

"是的，你是彩虹之穹真正的小公主，我的小薇薇。"

"那么你是……？"

"哈哈哈哈哈，"黑猫笑了起来，"我就是你的父亲啊，我是彩虹国度的国王。"

"可是，为什么女巫要我完成王子的心愿呢？"

"因为当我还是一个小王子的时候她就是我的仆人了。所以她总是叫我王子殿下。郁金香岛和春町一样，也是一个幻术维系着的时空。

那里的一切都是为了你的历练而设置的。琉并不是彩虹之穹的国王。我才是。"

"你明明是一只猫。"

"我的小薇薇，你成功地完成了历练，我为你感到骄傲。我已经嘱咐女巫把你十六岁前的记忆还给你了。你会慢慢想明白这一切的。银色沙漏之约要你完成彩虹之穹王子的心愿——而我的心愿，正是我的小公主可以认识自己、找到自己啊。"

"好吧。也许我十六岁前的真实记忆还在解压缩包……我可从没想过会管一只流浪猫叫爸爸。"

"哈哈哈哈哈，你已经渐渐恢复了。你从前说话就是这么淘气。我很高兴你完成了第一步历练。因为，接下来还有新的使命和更大的考验等着你呢，我的小薇薇。"黑猫说完，从女神雕塑上跳了下来，敏捷地落进了喷泉池中。

银色的月光被它漆黑的四爪搅碎，荡漾出层层涟漪。

黑猫消失在池中。

嘟嘟——哦不，现在应该叫她的真名，夏薇薇公主，走到水池边，俯身朝里看去——

随着涟漪的渐渐平复，水中出现了一个容貌清丽、像瓷娃娃一样的少女的倒影。

新的使命和更大的考验？

那会是什么呢？

还没来得及细细回味刚才发生的一切，一团黑影从天而降！

不偏不倚，正好落在夏薇薇公主脚边！

她弯下腰，歪着头，仔细看着地上的人。

大理石般温润的额头，高贵笔挺的鼻梁，安静闭着的双眼，睫毛又黑又密，简直是个王子！

五分钟后，他终于睁开了双眼。

哇！那么深邃的黑色瞳仁，里面好像有千万颗星星在闪烁，好像全世界的夜空都坠落到他眼睛里去了。

"你好，我是一个魔术师。不过今天比较倒霉，在赶去表演的途中从天上掉下来了……"

微醺的风中，夏薇薇公主的脸和魔术师的脸贴得那么近。她都能闻到魔术师身上散发出来的那种神秘的、淡淡的香味。

"漂亮的小姐，刚才的那一幕的确很糗，希望今晚一过你就可以忘记我。对了，接下来的一星期请不要看电视，里面会有我把埃菲尔铁塔变消失的报道。一想到居然在漂亮的小姐面前出糗……"

夏薇薇公主的脸上露出一个狡黠而优雅的微笑，她伸出一只纤细莹白的手，把魔术师拉了起来："这并不是你的错，因为你掉进了一个只有魔术师才会掉进的幻术时空。"

这一幕再次出现了！

一样的开头，不一样的经过和结果。

这一次，又会发生什么呢？

在很多年以后，当少年魔术师植安奎回想起他与夏薇薇的第一次见面时，仍然无法忘记那条宁静的石板路、青铜的喷泉雕像和身上流泻着星光的蔷薇少女。

当然，那是另一个故事了。